KB265282

아·주·특·별·한·바·다·여·행

우리나라
해양보호구역
답사기

아주 특별한 바다 여행

우리나라 해양보호구역 답사기

펴낸날 초판 1쇄 2011년 5월 2일
　　　　초판 2쇄 2012년 7월 5일
글쓴이 박희선 | **펴낸이** 조영권 | **마케팅** 김원국 | **꾸민이** 강대현
사진 찍고 도운이 〈자연과생태〉, 김억수, 박흥식, 이민수, 박진영, 구자춘, 이용길, 최종수, 태안군청,
옹진구청, 고창군청, 순천시청, 부산남구청, 보성군청, 신안군청, 부안군청, 무안군청, 진도군청, 대국해저관광

펴낸곳 자연과생태
서울 마포구 구수동 68-8 진영빌딩 2F 전화 **02-701-7345~6** 팩스 **02-701-7347**
홈페이지 **www.econature.co.kr** 등록 제313-2007-217호

ⓒ 이 책의 글과 사진의 저작권은 작가 및 발행처에 있으며, 저작권자의 허가 없이 복제, 복사, 인용,
전제하는 행위는 법으로 금지되어 있습니다.

ISBN 978-89-962995-4-7 03810

감수
박흥식 박사(한국해양연구원 _ 해양보호구역 현황 및 저서생물)
백상규 박사(해양수산기술진흥원 _ 해양생물)
박진영 박사(국립환경과학원 _ 조류)
이민수 박사(미소생물생태환경연구소 _ 해조류)

* 사진 제공 및 내용을 감수해 주신 분들과 관련 기관에 감사합니다.

* 이 책은 해양환경관리공단의 후원을 받아 출판했습니다.

해양보호구역센터 **http://mpa.koem.or.kr**

아·주·특·별·한·바·다·여·행

우리나라
해양보호구역
답사기

글 박희선 | 사진 〈자연과생태〉 편집부 외

자연과생태

더 늦기 전에, 감사합니다.

바다는 언제나 달려가고 싶은 여행지 1순위다. 3면이 바다로 둘러싸인 우리나라는 평생 보아도 다 못 볼 아름다운 바다를 가졌다. 서해와 동해, 남해의 풍경이 다르고, 계절마다 표정도 달라지며, 지도에서 툭 튀어나가듯 찾아가고픈 섬들이 셀 수 없다.

생각해 보면 바다는 우리에게 많은 것을 주는 존재다. 인생의 아름다운 순간마다 멋진 배경이 되어 주고, 매일 맛있는 밥상을 차려 주고, 때로 울적한 마음에 찾아가면 말없이 위로를 건네곤 했다. 지구의 생명을 잉태한 바다는 언제나 우리에게 어머니의 자궁 속처럼 안락하다.

그런 바다에 이제는 우리가 고맙다고 말을 걸어 보면 어떨까. 육지에서 흘러드는 오염원에, 급격한 기후 변화에, 인간의 지나친 간섭과 남획에 좀먹듯이 상처받고 시름에 빠져 있는 바다에게 이제는 우리가 지켜주겠노라, 자신 있게 말할 수 있으면 좋겠다.

우리나라는 더없이 소중한 해양자원을 품고 있어서, 혹은 더는 훼손되면 안 되겠기에 보호구역으로 지정해 보전하고 있는 바다가 14곳 있다. 이름 하여 해양보호구역이다. 인천 앞바다에서 부산까지 서남해안을 따라 드문드문 이어지며, 산호초가 사는 푸른 섬 제주도를 아우른다.

오랜 세월 온전히 주는 존재라고 여겼던 바다 앞에 '보호구역'이라는 표지는 낯설지 모른다. 하지만 이는 경계가 아닌 새로운 소통을 만들어가기 위한 시대의 요청이다. 바다에 기대 살아가는 주민들과 지역사회에는 더 늦기 전에 아끼며 이용하는 방법을 제안하고, 여행자들은 아름다운 풍경 이전에 우리 바다의 가치를 먼저 읽어 주기를 바라고 있다.

지난겨울 나는 우리나라 해양보호구역들을 둘러보면서 보냈다. 아무 계절에나 마음 닿는 대로 드나들던 바다였지만 바다가 가장 말간 얼굴을 보여주는 계절에 특별히 아름답고 의미 있는 곳들을 되짚어 다니다 보니, 무슨 성지순례를 하는 듯한 기분도 들고, 때로는 벅찬 감격에, 늦은 회한 같은 것에 가슴이 먹먹해지기도 했다.

여행자는 기록자이기도 하다. 이번 여행을 통해 아름다운 여정과 함께 감동이 있고 교육적 가치도 큰 바닷가 생태여행을 제안하고 싶었다. 기회를 준 국토해양부, 해양환경관리공단, 도서출판 자연과생태에 깊은 감사를 보낸다. 특히 우리 해양생태에 관한 다방면의 정보와 자료는 월간 〈자연과생태〉 및 그곳의 훌륭한 필진들에 전적으로 신세를 졌다. 감사와 함께 존경을 바친다.

해양생물 찾아보기

부록

신두리 해안사구 · 대이작도 · 온홀도 · 제주 서귀포 문섬

보기만 해도
아름다운 우리 바다

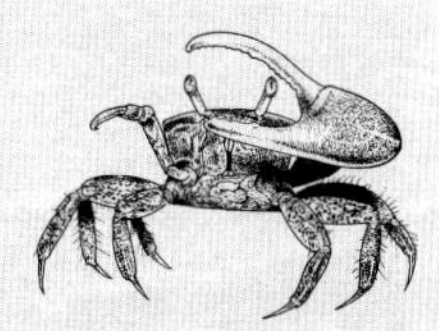

썰물 때 모래갯벌이 드넓
게 드러나는 신두리 해변

신두리 해안사구

태안 신두리는 우리나라에서 가장 규모가 큰 해안사구가 있는 곳으로 유명하다. 사구라고 하면 모래언덕, 그래서 그곳을 '사막'이라고 부르는 사람들도 적잖다. 흔치 않은 풍경에서 이국적 정취를 느끼기 때문인데, 해안 안쪽의 모래언덕 길을 거닐다 보면 제법 그런 분위기를 풍기는 구석도 있다. 하지만 익히 상상하는 사막 풍경처럼 나무 한 그루 못 자라는 불모지는 아니고 사계절 다양한 사구식물이 모래언덕을 뒤덮는다. 이런 모래땅과 사구습지를 좋아하는 곤충, 도마뱀, 새들도 만날 수 있다.

이색적인 경관에 걸맞게 신비한 생태계를 품은 곳, 그래서 신두리는 다른 말이 필요 없는 우리나라의 보물이다. 재미있게도 이 보물을 여러 곳에서 관리하고 있다. 가장 먼저 2001년에 신두리 사구를 문화재보호구역으로 묶은 문화재청, 그리고 해안사구를 비롯한 일부 해역을 해양생태계보호구역으로 묶은 국토해양부, 사구 배후에 자연 발생한 두웅습지를 습지보호지역으로 묶은 환경부가 있다. 국토해양부와 환경부는 2002년에 나란히 이들 보호구역을 선포했다. 알고 보면 한 덩어리로 서로 영향을 주고받는 지역이지만 각각의 특성에 맞게 주무부서에서 관리하고 있는 셈이다.

모래와 바람이 빚어낸 국내 최대의 해안사구

일단 사구를 빚어낸 시발점이라고 할 수 있는 바다, 아름다운 신두리 해변으로 가 보자. 사족이지만, 2011년 여름부터 전국의 해수욕장 명칭을 모두 '해변'으로 바꾸기로 했다. 해수욕장은 여름 한때 물놀이하는 장소라는 의미가 강해 그보다는 더 포괄적인 명칭을 사용하는 것이 바람직하다는 이유다. 좋은 변화다.

신두리 해변은 많은 사람들이 '해수욕장'에 기대하던 모든 것을 갖췄다. 가루처럼 곱디고운 모래사장, 경사가 완만해 아이들이 놀기에도 안전한 바다, 해안선 길이만 3킬로미터에 썰물 때 폭이 200미터까지 드러나는 너른 모래갯벌, 그 안에서 조개 캐고 달랑게 잡으며 느낄 수 있는 해양 생태계….

해안 북쪽 갯바위 주변에는 주민들이 생계를 위해 설치한 굴 양식장이 있다. 보통은 바다에 돌을 깔아 만드는 데 콘크리트 구조물을 말뚝처럼 박아 놓았다. 썰물 때 양식 굴들이 다닥다닥 붙은 이 구조물이 드러나면 묘하게 근사한 분위기가 난다. 서해비단고둥, 바지락, 갯지렁이들 같은 대형 저서 무척추동물들이 양식장 주변에 특히 많다. 대형 저서동물이라고 하면 무척 클 것 같지만 1밀리미터 그물망에 담아 걸렀을 때 그물을 통과하지 못하는 생물을 말한다.

보기에는 강처럼 평안해 보이는 이 바다가 어떤 힘으로 우리나라에서 가장 넓은 사구를 빚어냈을까. 사구를 빚은 것은 조류, 모래, 그리고 바람이다. 서해를 향해 크게 열려 있는 개방형 갯벌인 신두리 해변은 겨울

해안선 길이만 3킬로미터
에 달하는 신두리 해변

에 북서풍의 영향을 강하게 받는다. 조류가 이 해안에 모래를 쓸어다 내려놓으면 간조 때 바람에 크게 날리면서 해안 주변에 둑처럼 쌓이고^{이를 전사구라고 한다}, 그 너머 육지로까지 날아가 다양한 모래 지형^{2차사구}을 만든다. 해안가에 생겨난 사구 지형이기에 이를 모두 해안사구라고 부른다.

1 굴 양식장 주변에 고둥, 게, 갯지렁이 등 대형 저서성 생물들이 많다.

2 물 고인 모래톱에서 서해비단고둥이 유유자적 기어 다닌다.

3 모래갯벌에 사는 달랑게. 동글동글한 모래구슬들은 먹이 흔적이다.

모래땅에 뿌리 내리고 숨어 사는 사구 동식물

모래가 둑처럼 쌓인 해안 가장자리부터 사구식물들이 다양하게 퍼져 자란다. 언덕을 타고 넘도록 통보리사초, 좀보리사초, 갯그렁이 넘실넘실한 풀밭을 이루고 있고, 갯메꽃, 갯방풍, 순비기나무 등이 바닥에 깔려 자란다. 이들 모래땅에 길게 뿌리를 내리고 사는 사구식물들은 촘촘한 뿌리 네크워크를 이루어 모래땅이 쉽게 무너지지 않도록 다지는 역할도 한다. 모래 언덕에 올라서면 해당화가 유독 많다. 5~7월에 이곳은 온통 붉은 꽃밭을 이루는데, 그 꽃빛 너머로 신두리 해변을 바라보는 경관이 아주 멋지다.

곱고 흰 모래밭에는 '개미귀신'이라고 불리는 명주잠자리 애벌레들이 먹이곤충을 잡기 위해 파놓은 깔때기 모양 함정도 아주 많다. 이 함정을 '개미지옥'이라고 부른다. 개미귀신처럼 모래땅에 몸을 숨기고 먹이를 찾는 대표적인 사구동물로 표범장지뱀도 있다. 바닷가 사구 환경이 크게 훼손되면서 개체수가 줄어들어 환경부에서 멸종위기야생동물 Ⅱ급으로 지정 보호하고 있는 종이지만 신두리를 비롯한 태안 바닷가에 아직 많은 수

가 남아 있다. 표범장지뱀은 꼬리가 긴 도마뱀 종류로 피부에 표범 무늬가 있는 것이 특징인데, 행동이 워낙 재빠른데다 주로 모래 속에 몸을 파묻고 머리만 내밀고 있다가 지나가는 곤충들을 사냥해 먹기 때문에 눈썰미가 여간 좋지 않고서는 찾아내기가 쉽지 않다. 해변 가장자리나 모래언덕의 수풀 지대를 걷다가 '샤샤삭' 하는 움직임이 느껴진다면 이 귀여운녀석이 지나갔다고 상상해도 좋다.

해변을 벗어나 모래 언덕부터는 문화재청이 관리하는 천연기념물 보호지역에 든다. 신두리 사구는 천연기념물 제431호다. 해안선을 따라 남북방향으로 길이 약 3.4킬로미터에 걸쳐 뻗어 있으며, 폭은 500미터~1.3킬로미터다. 사구 생태계는 이 너른 공간에 더욱 자유롭게 펼쳐져 있다. 뚜렷한 관찰로가 나 있어 천천히 걸으며 사구 지형만 감상해도 좋다. 모래 언덕은 자유분방하게 골을 만들고, 경사진 면에 바람자국 같은 것도지문처럼 남아 있다.

1 해안가에 모래 둑처럼
형성된 전사구

2 모래 속에 몸을 숨기고
먹이를 찾는 표범장지뱀

　　설치한 안내판에 따르면, 이런 사구 지대는 육지와 바다 사이의 퇴적물을 조절해 해안을 보호하고, 내륙과 해안 생태계를 자연스럽게 이어주며, 폭풍이나 해일로부터 해안선과 농경지를 보호하고, 해안 식수원인 지하수를 공급한다. 대부분 고개가 끄덕여지는데 마지막 문장에서 갸우뚱하게 된다. '사구와 지하수에 무슨 관계가 있지?' 하고. 궁금증은 사구 너머에 배후습지로 형성된 두웅습지에 가면 저절로 풀린다.

바람에 의해 자유분방하게
만들어진 사구 지형들

사구가 저장한 담수 연못, 두웅습지

강수량이 풍부한 온대지역의 해안사구는 배후습지를 만드는 특성이 있다. 신두리 사구에도 작은 습지가 몇 곳 있는데, 비가 많은 여름에는 갑자기 호수처럼 불어나기도 한다. 이렇게 담수를 저장하는 능력이 있기 때문에 해안사구는 사막사구와 달리 생명을 키우는 땅이 될 수 있었다.

해안사구가 담수를 저장하는 이유는, 간단한 과학적 상식만으로 해석이 가능하다. 배후산지에서 흘러드는 물이 바닷물과의 밀도 차이로 인해 빠져 나가지 못하고 사구지대 모래 틈에 저장되기 때문이다. 저장된 물이 고여 자연히 담수 연못이 형성된다. 신두리 사구 남쪽에 조금 떨어져서 있는 두웅습지는 이렇듯 사구의 영향으로 자연 발생한 배후습지이며, 바닥이 모래층으로만 이루어진 독특한 담수 연못이다.

두웅습지의 면적은 65제곱미터로, 사구 면적의 0.5퍼센트밖에 되지 않는다. 면적은 작지만 가치가 남달라 2007년 람사르습지로도 지정되었다. 여름에 수련 꽃이 연못 중앙을 가득 메우는 두웅습지에는 천연기념물인 금개구리를 비롯해 맹꽁이, 붕어마름 같은 희귀 동식물이 산다. 시끌벅적한 해변 뒤편에 사람들 시선으로부터 한 발짝 물러나 있어서 연못 주변을 산책하다가 솔숲 아래 벤치에서 쉬기도 하며 한가한 여름 오후를 보내기에도 좋은 곳이다.

1 신두리 사구 남쪽에 자연 발생한 사구배후습지인 두웅습지. 규모는 작지만 희귀 동식물이 살아 습지보호지역 및 람사르습지로 지정되어 있다.

2 두웅습지에 사는 금개구리도 천연기념물이다.

1

2

신두리 사구엔 해당화가
유난히 많다.

신두리 사구 찾아가기

서해안고속도로 서산나들목에서 빠져 32번 국도를 타고 태안까지 간다. 태안읍 로터리에서 학암포해수욕장·신두리 사구 방향 이정표만 잘 찾으면 신두리 해변까지 곧장 갈 수 있다. 펜션 단지를 지나 깊숙이 직진하면 신두리 사구 관리사무소 앞이다. 그 앞에 주차하고 사구와 해변까지 넓게 둘러보면 되는데, 미리 예약하면 해설가의 안내도 받을 수 있다. 두웅습지 가는 길은 관리소 옆에 바로 비포장길이 나 있다. 이정표를 놓치지 않고 쫓으면 마을 길을 한두 굽이 지나서 나무 펜스로 둘러싸인 두웅습지를 만난다.

문의 : 국립공원관리공단 태안해안 관리사무소 : (041)672-9737

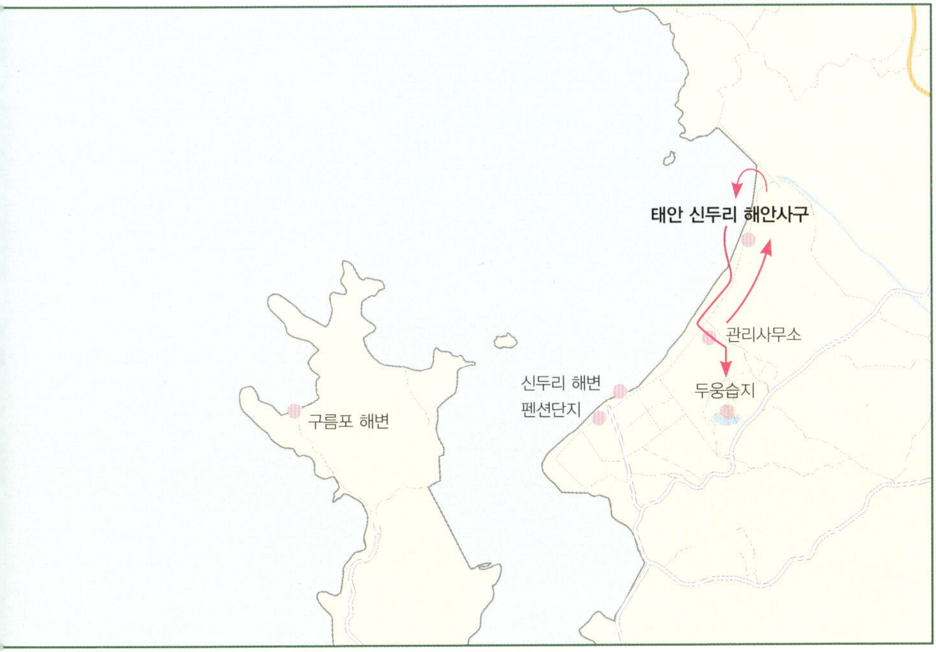

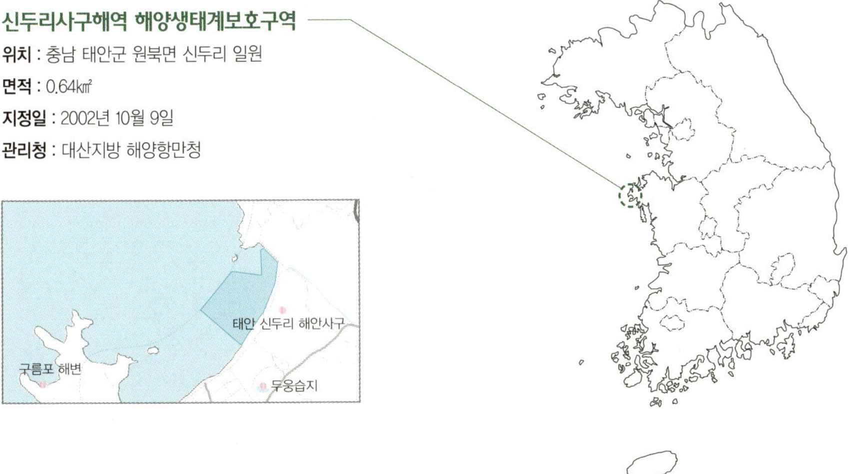

신두리사구해역 해양생태계보호구역

위치 : 충남 태안군 원북면 신두리 일원

면적 : 0.64㎢

지정일 : 2002년 10월 9일

관리청 : 대산지방 해양항만청

썰물 때 대이작도 앞에
드러나는 모래섬 풀등

대이작도

여행지를 선택하는 특별한 기준은 무엇일까? 아름다운 풍경, 걷기 좋은 길, 역사·문화·생태 이야기가 가득한 곳, 거기에 살아가는 가슴 따뜻한 얼굴들…. 낯선 곳으로 사람을 이끄는 힘은 여러 가지가 있지만 그 중에 'TV에 나와서' 라는 단순한 대답도 있을 수 있다. 전국 방방곡곡이 영화나 드라마, 각종 프로그램 촬영지로 거듭나고 있는 요즘, 그로 인한 관광 특수를 제대로 누리고 있는 곳이 바로 대이작도다.

대이작도는 2년 전 KBS 예능 프로그램인 '1박2일' 촬영지로 전파를 탄 뒤 여름엔 하루 예닐곱 번 뜨는 배편으로도 여행자를 다 실어 나르지 못할 정도가 되었다. 섬에 내린 여행자들은 썰물 때 남쪽 바다에 드러나는 풀등까지 배를 타고 가서 1박2일 팀이 했던 '복불복 게임'을 따라 하거나 섬 정상에 올라 풀등을 내려다보며 감회에 젖는다.

처음 가는 여행지에 추억할 무엇이 있다는 것은 좋다. 그런데, 우리가 진정 잊지 말아야 할 것은 놀이가 아니라 이 섬이 품고 있는 가치다. 하루에 두 번 거대한 고래 등 같은 모래섬을 띄웠다 내렸다 하는 이 바다는 세계적으로 희귀한 지형경관을 자랑하는 데다 바다생물에게는 소중한 산란장 역할을 한다. 내가 밟고 선 모래톱, 눈앞의 바다가 '지구의 선물'이라는 생각을 잊지 않아야 훼손 없이 오래 즐길 수 있다.

4~5시간 걸어서 돌아볼 수 있는 섬

대이작도로 가는 배는 인천 연안여객터미널과 경기도 안산시 대부도에서 뜬다. 인천 옹진군 자월면에서 가장 큰 섬인 자월도를 거쳐 승봉도, 소이작도에 들러 대이작도에 정박하는 데 쾌속선으로 1시간 조금 더 걸린다. 여름에는 배들이 수시로 오가기 때문에 오전에 들어가 오후 배로 나오는 당일 여행도 가능하다. 섬 안이 발 디딜 틈 없이 붐비는 피서철만 피하면 봄여름가을 언제나 좋고, 하루 한 번만 배가 뜨는 겨울에는 하루쯤 기꺼이 섬에 갇혀도 좋을 만큼 운치 있다.

선착장은 소이작도를 코앞에 마주보고 있다. 섬에 첫 발을 디디면 '1박 2일' 촬영지임을 알리는 푯말과 함께 해양생태계보전지역 안내문이 보인다. 보호구역은 대이작도를 중심으로 동에 승봉도, 서에 소이작도, 그리고 남에 사승봉도를 포함하는 55.7제곱킬로미터 해역이며, '세상에서 가장 신비로운 섬'이라고 불리는 풀등이 그 주인공이다. 썰물 때 사승봉도 해변에도 풀등처럼 너른 모래해변이 드러나는데 개인 소유 섬이어서 대부분은 대이작도를 찾아 그 경이를 체험한다.

대이작도에는 자동차 길이 나 있지만 버스 같은 대중교통 수단은 없다. 그러나 걸어서 4~5시간이면 섬을 다 돌아볼 수 있고 숙소를 예약하면 주인집 차를 빌려 탈 수도 있으므로 굳이 차까지 싣고 갈 필요는 없다. 선착장에서 해안도로를 따라 걸으면 곧 바다 앞에 오목하게 들어앉은 큰

대이작도에 내려 처음
마주하는 이정표들

해양생태계보전지역 안내문
대이작도
백패킹

마을이 보인다. 섬 안에 유일한 학교인 인천남부초등학교 분교^{학생 8명이 다닌다}와 보건소가 이 마을에 있다. 자동차 길을 따라 고개를 넘으면 작은풀안 해변으로 이어지는 장골마을이 나오고, 더 걸어 동쪽 끝까지 가면 김기덕 감독, 문희 주연의 1967년 개봉작 '섬마을 선생님'의 촬영지인 계남마을이다. 이렇게 세 마을에 흩어져 사는 주민 수는 120명쯤 된다.

마을에는 그럴싸한 펜션과 깨끗한 민박집도 쉽게 눈에 띈다. 최근 1~2년 새 관광객이 부쩍 몰려들면서 발 빠르게 생겨난 변화다. 새것처럼 보이는 집들은 대부분 도시 사람들 소유로, 여름 한철 장사를 끝내곤 겨우내 문을 닫는 곳이 대부분이다. 이런 섬에는 관광객이 물밀듯 빠져나간 쓸쓸한 계절에 찾아가야 본래 색깔이 난다. 토박이 주민들만 남은 섬엔 갯일과 어업에 의존해 살아가는 날것의 삶이 지속된다.

사계절 먹을거리 풍족한 천혜의 바다

최근에 대이작도를 찾은 건 눈 내리는 어느 겨울날, 서울에 이른 한파가 몰아쳐 12월인데도 기온이 영하 10도 밑으로 뚝 떨어진 주말이었다. 대이작도도 다르지 않아 갯벌은 꽁꽁 얼고 세찬 눈보라가 몰아쳤다. 그런데도 물 빠진 갯바위에 마을 주민들이 너나없이 몰려나와 굴 따기에 한창이셨다.

"할머니, 추운데 쉬지 왜 나오셨어요?"

1 큰마을 앞에 펼쳐진 갯바위들. 겨울 대이작도는 곳곳이 굴밭이다.

2 영화 '섬마을 선생'의 촬영지였던 계남마을. 방파제에서 낚싯대를 드리우면 넙치, 놀래미, 장어 등이 낚인다.

보기만 해도 아름다운 우리 바다

"뭐한다고 이 겨울에 왔어? 모레부터 닷새 동안은 조금이라 굴을 못 따. 그러니 부지런히 따야지. 매년 하던 일인데 날 궂다고 안 할 수 있나. 이거 해서 자식들 대학 보내고 장가도 다 보냈는데 이젠 손자손녀들 용돈 줘야지. 섬에 살아도 겨울엔 기름값이 많이 들고 이런저런 경조사비도 내야고… 사람 노릇 하려면 별 수 없어, 평생 일해야지."

이야기를 쏟아내는 동안에도 할머니는 허리 한 번 펴지 않고 능숙한 솜씨로 굴을 따신다. 겨울엔 어느 바다에나 굴이 제철이지만 대이작도는 특히 작고 맛 좋은 자연산 굴이 나기로 유명하다. 큰풀안, 작은풀안, 떼

눈 내리는 작은풀안 해변.
겨울 운치도 남다르다.

넘어^{계남} 해변, 그리고 물 빠진 마을 앞 어디에고 굴이 다닥다닥 붙은 갯바위 지대가 밭처럼 펼쳐져 있다. 능숙한 주민 한 명이 하루에 보통 10킬로그램을 캐는데, 매일 배가 와서 1킬로그램 당 1만 원씩 쳐서 사간단다. 할머니 한 분이면 일당 10만 원, 며느리까지 나서면 하루 20만 원 벌이가 되니 겨울농사치고는 수입이 꽤 짭짤해서 민박 치는 것도 마다하고 갯일에만 매달리는 주민이 많다.

대이작도는 사계절 바다에서 나는 먹을거리가 풍족하다. 봄여름에는 바지락이 많고, 근해에선 가자미, 넙치, 꽃게 등이 잘 잡힌다. 지금처럼 유명세를 타기 전엔 바다낚시를 즐기는 마니아들이 쉬쉬하며 즐겨 찾던 곳이었다. 그뿐인가. 초봄에는 섬 안에 그리 높지도 않은 부아산에서 산나물이 난다. 도라지, 더덕, 음나무 순 등이 자라고, 특히 바닷바람을 맞고 자란 고사리는 줄기가 유난히 통통하고 맛도 연하다고 소문이 났다. 또, 여름엔 끝도 없이 밀려드는 관광객을 맞느라 섬 전체가 홍역을 앓듯이 바쁘다. 섬에 일손이 턱없이 모자라니 숙소 예약자가 아니고선 어디 가서 밥 한 그릇 사먹을 데가 없을 정도다.

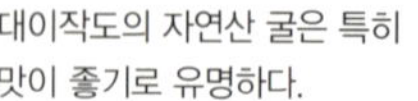

대이작도의 자연산 굴은 특히
맛이 좋기로 유명하다.

자꾸만 작아지는 위기의 모래섬, 풀등

여름에 대이작도를 찾는 사람들은 풀등이 건너다보이는 작은풀안 해변을 꼭 찾는다. 풀치 또는 하벌천퇴라고도 부르는 풀등은 썰물이면 3~5시간 보였다가 밀물 때 사라지는, 바다도 아니고 그렇다고 땅도 아닌 시한부 모래섬이다. 간조 때 드러나는 모래섬 규모가 동서 2.5킬로미터, 남북 1킬로미터에 이르는데, 이쪽 해변에 서서 보면 찰랑이는 바닷물 너머로 허연 모래밭이 수평선 부근을 가득 채우고 있다.

흔히 강 하구에 퇴적물이 쌓여 섬 같은 지형이 생기고 그곳에 풀이 자라 고유의 생태계를 형성한 곳을 '풀등'이라고 한다. 바다에서 모래사막처럼 떠오르는 이곳 풀등은 지상보다는 그 밑에 다양한 생태계를 품고 있다. 풀등의 풍부한 모래층은 넙치, 가지미 같은 가자미목 물고기나 다양한 저서생물들에게 훌륭한 서식처이며 산란장이다. 이 주변 해역이 입질 좋은 바다낚시터로 인기가 높은 것도 그 때문이다. 물이 막 빠져나간 풀등에는 서해비단고둥, 큰구슬우렁이, 다양한 조개들이 살아 꿈틀대고 있어 새들에게도 더할 나위 없이 근사한 밥상이 되어 준다.

지형경관만으로도 이곳의 보전 가치는 충분하다. 바다에 이만한 규모의 모래섬이 주기적으로 나타나는 것은 세계적으로도 유례가 없는 현상이어서, 우리나라는 이미 2003년 12월에 대이작도 주변해역을 해양생태계보호구역으로 지정했다. 그러나 취지가 무색하게 대이작도 풀등은 거

부아산 정상에서 내려다
본 풀등

의 사라질 위기에 처했다. 인근 해역에서 계속된 바닷모래 채취로 인해 풀등의 모래톱이 쓸려나갔기 때문이다.

보전지역으로 지정할 당시 여의도 면적의 30배에 달했던 풀등은 불과 10년도 안 되어 2/3 이상이 사라져 버렸다. 영향을 받은 것은 풀등만이 아니다. 한때 길이 1.2킬로미터나 되는 백사장으로 유명했던 승봉도의 이일레 해변은 지속적인 해안침식으로 경관이 크게 훼손되었고, 주민들 말에 의하면 대이작도의 해변들도 매년 여름 관광객을 맞이하기 전에 다른 곳에서 모래를 퍼다 날라야 할 상황이 되었다.

부아산 정상 가는 길에 있
는 구름다리

밟고 올라서는 대신 지키는 마음 필요할 때

많은 사람들은 한여름 대이작도 여행의 백미로 '보트 타고 풀등 가기'를 꼽는다. 실제로 여름 썰물 때는 작은풀안 해변에서 불과 500미터 앞 풀등까지 여행자를 실어 나르는 보트가 일삼아 오간다. 신비한 자연현상이 빚어지는 곳이니 그 위에 서서 감격에 젖어들고 싶은 기분도 당연하다. 그러나 섬을 찾는 사람들이 기하급수로 늘고 있는 요즘, 접안시설이 따로 없는 풀등에 수없이 오가는 보트들이며 고운 모래섬을 파헤쳐 갯벌체험을 즐기는 고사리 같은 손들이 풀등의 경관과 생태계를 위협하는 또 하나의 요인이 될 수 있다는 점을 기억해야 한다.

작은풀안 해변 왼쪽에는 풀등 전망대가 있다. 긴 나무 데크를 걸어 바다 앞에 서면 풀등을 건너다보며 쉬기에 딱 좋은 정자가 있다. 데크 옆 절벽지대와 그 주변에 쌓인 암석들은 우리나라에서 가장 오래된 25억 살을 먹었다는 사실이 최근에 밝혀졌다. 말하자면 지금까지 우리나라에서 검증된 바로는 대이작도가 가장 오래된 땅덩어리라는 얘기다. 말만 들어도 신비로운 이 길을 걸어 바다 너머 풀등을 보러 가는 것은 의미가 깊다. 밟고 올라서는 기쁨 대신 바라보고 지켜주는 여행자의 착한 마음이 저절로 우러날 법하다.

풀등을 제대로 보기 위해서는 산책을 겸해 부아산 정상에 올라도 좋다. 큰마을이나 장골마을에서 걸어서 1시간 반이면 다녀올 수 있다. 산 정상

작은풀안 해변의 풀등 전망 데크 옆으로 이어지는 바위 절벽. 우리나라에서 가장 오래된 암석으로 25억 살을 살았다고 보고되어 있다.

부에는 길이 68미터의 구름다리가 걸려 있다. 팔각정에 서면 베일 벗은 풀등은 물론이고 사승봉도와 승봉도, 소이작도를 포함한 보호해역이 한 눈에 내려다뵈고, 더 멀게는 자월도, 덕적도까지 보인다. 산에서 내려올 때는 물맛이 신묘하다는 삼신할매약수터에도 들러보자. 산에 소나무가 많아서인지 물맛이 좋기로 인천까지 소문이 났다고 한다. 

대이작도 찾아가기

대이작도로 가는 배는 인천 연안여객터미널에서 쾌속선과 페리호가 뜨고, 경기도 안산시 대부도 방아머리선착장에서는 페리호만 뜬다. 차 없이 갈 경우 쾌속선이 빠르고 쾌적하다. 쾌속선으로는 1시간 5분, 카페리로는 거의 2시간이 걸린다. 운항시간은 계절마다 변동이 큰데, 여름 성수기에는 해 뜨고부터 거의 매 시간 배가 뜨고 겨울에는 하루 1회만 오간다. 날씨 때문에 배가 안 뜨는 날도 있으므로 출발 전 여객터미널에 직접 확인하는 것이 확실하다. 요금은 인천발 쾌속선의 경우 성인 왕복 3만8천500원이다.

문의 : 인천연안여객터미널 1588-8147, **대부해운** (032)886-7813~4

선착장에 도착해 왼쪽으로 방향을 잡으면 말 그대로 대이작도의 가장 큰 마을인 '큰마을'이 맨 처음 나타난다.

대이작도 주변해역 해양생태계보호구역

위치 : 인천 옹진군 자월면 이작리, 승봉리 일대

면적 : 55.7㎢

지정일 : 2003년 12월 31일

관리청 : 인천지방 해양항만청

부산항 입구 북쪽 해안에
점점이 놓여 부산의 관문
역할을 해온 오륙도

오륙도

오륙도 하면 저절로 입에서 흘러나오는 노래가 있다. "오륙도 떠나가는 연락선마다 목메어 불러 봐도 대답 없는 내 형제여~." 1972년, 조용필 첫 독집앨범에 실려 엄청난 인기를 끈 '돌아와요 부산항에' 가사 일부다. 한국전쟁 후 민족의 아픔을 구성진 노랫가락에 잘 표현한 이 곡은 지금도 누구에게는 노래방 18번일 국민가요이고, 당시에는 바다 건너 일본에까지 전해져 60만 재일동포의 가슴을 울린 현대판 민요다.

전쟁 통에 잃어버린 부모형제, 해방 후에도 돌아오지 못한 가족을 그리워하며 오륙도를 쳐다보고 서 있던 자리는 어디였을까? 오륙도가 전국 어디에 붙은 섬인지 안 보고도 척 알게 해준 노래 제목을 따라가면 일단 부산항 근처다. 근데 부산항이 오죽 넓은가. 인터넷 지도로 부산항을 클로즈업해 항공수색하듯 훑어보니, 항구를 빠져나와 북쪽 해안에서 뭍으로 막 굴러 떨어진 듯한 바위섬 몇 개가 떠 있다. 육지에 바짝 붙어서 하나, 바다로 뚝 떨어져 둘, 셋, 넷, 다섯… 오륙도다.

간빙기에 뭍에서 떨어져 나간 바위섬 다섯 개

오륙도는 지금으로부터 12만 년 전, 간빙기가 시작되기 전에는 육지에서 남동쪽으로 길게 뻗어 나간 반도였다고 한다. 대부분 암반으로 이루어진 반도에 거센 파도가 부딪쳐 해식동이 생기고 그것이 점차 커지면서 해식 이암으로 분리되어 지금처럼 5개의 섬이 되었다. 오륙도를 마주보고 있는 부산 남구 용호동 해안에는 바다로 튀어나간 바위지대가 있다. 이를 승두말이라고 부르는데, 이곳과 오륙도를 구성하는 지질이 똑같아서 과거에 하나로 이어진 땅이었음을 알 수 있다.

승두말 앞에 떠 있는 섬은 우삭도, 여기서 뚝 떨어져서 수리섬, 송곳섬, 굴섬, 등대섬이 차례로 나타난다. 승두말에서 보면 수리섬 뒤로는 가려져서 잘 보이지 않는다. 섬은 5개인데 왜 오륙도라고 불렀을까? 흔히 우삭도가 수심에 따라 두 개의 섬으로 보이기도 해서 오륙도라 부른다고 알려져 있는데, 지명에 관련한 가장 정확한 기록으로는 1740년에 편찬된 〈동래부지 산천조東萊府誌 山川條〉에 '오륙도는… 봉우리와 뫼의 모양이 기이하고 바다 가운데 나란히 서 있으니 동쪽에서 보면 여섯 봉우리가 되고 서쪽에서 보면 다섯 봉우리가 되어 이렇게 이름한 것'이라고 나온다.

어쨌든 경승지로나 지정하면 모를까, 사람도 살지 않는 바위섬 몇 개에 유람선과 고깃배가 무시로 떠다니는 주변 바다를 묶어서 해양보호구역으로 지정한 까닭은 무엇일까? 2003년 12월 이 지역을 해양생태계보호

1 새들의 고향이 된 오륙도. 여기 사람들은 '부산갈매기'라고 부르는 괭이갈매기가 많이 날아다닌다.

2 승두말에서 낚시를 즐기는 사람들. 오륙도 일대는 부산 사람들이 즐겨 찾는 바다낚시터이기도 하다.

1
2

구역으로 지정한 목적에 따르면 남해안 수직암반의 생물상을 보호하고 주변 육역의 개발 압력에 따른 해양생태계 훼손을 예방하기 위해서라고 나와 있다.

그러나 취지가 무색하게 오륙도를 마주보고 가장 전망 좋은 용호동 언덕에는 지은 지 얼마 안 된 고층 아파트단지가 위풍당당하게 들어서 있다. 입주 전에 오륙도 전망을 꽤나 선전했을 것 같은 위치다. 또한, 오륙도 주변 바위지대와 부산항 쪽으로 난 방파제 등은 바다낚시터로 인기가 아주 높아서 날씨가 좋을 때는 연신 낚싯배가 떠다닌다.

해안경관 아름다운 이기대갈매길의 종착점

오륙도를 보러 가는 방법은 몇 가지 있다. 가장 쉬운 방법은 해운대나 연안부두 등에서 출발하는 유람선을 타는 것이다. 하지만 탑승료가 너무 비싼데다 해운대, 동백섬, 광안대교 등 부산 앞바다의 경승지를 먼발치에서 두루 감상하는 정도여서 만족감이 덜하다. 그보다는 용호동 해안에 있는 오륙도 선착장에서 낚시꾼들이 주로 이용하는 고깃배를 이용하는 것이 좋다. 말로는 유람선이라지만 낚시꾼들을 원하는 곳에 내려 주고 다시 데려오는 일을 주로 한다. 여행자를 위해서는 오륙도를 한 바퀴 돌아보고 등대섬에도 오르게 해 준다.

승두말 주변 해안 풍경. 부산 해안에는 이렇게 수직으로 깎여 나간 파식 지형이 많다.

부산역에서 택시를 타고 오륙도 선착장에 가자고 하면 대부분 의아한 표정을 짓는다. 게가 어디냐고 되묻거나 설명해도 용호동에 그런 데가 있냐며 갸우뚱한다. 내가 탄 택시 기사님은 "부산 와서 오륙도부터 가는 사람은 처음"이라며 허허 웃었다. 이런 머쓱함을 피하고 싶다면, 또는 이 기회에 조금 더 알찬 부산 여행을 하고자 한다면 부산이 자랑하는 갈매길 걷기를 포함해 아예 이기대나 신선대에서 출발하는 것도 괜찮다. 이기대와 신선대는 각각 오륙도 선착장에서 좌우로 연결되는 해안 경승지다.

신선대는 전망대에서 오륙도 전체가 한눈에 내려다뵈고 날씨가 좋을 때는 멀리 수평선에 걸린 대마도까지 볼 수 있다. 하지만 용호동까지 걷는 길은 좀 밋밋하다. 반면에 이기대도시자연공원에 있는 동생말 전망대에서 오륙도 선착장까지 걸어가는 4킬로미터 구간은 줄곧 아름다운 해안 절벽을 따라 푸른 바다를 보며 걷게 되어 있어 '해양보호구역 오륙도'의 참맛을 느끼기에 안성맞춤이다. 종착지인 오륙도 선착장에서 배를 타고 등대섬에 다녀오기까지 전체 일정도 하루면 충분하다.

동생말 전망대는 광안대교를 가장 가까이에서 볼 수 있는 곳이다. 여기서부터 나무 데크와 출렁다리로 연결된 해안절벽 사이를 걸어가면 해녀들이 어구를 보관하고 잠수복을 갈아입는 해녀막사, 자갈마당과 해식동굴을 지나 영화 '해운대' 촬영지인 어울마당에 닿는다. "이기대 알아요?

---

1 이런 고깃배를 타고 낚시꾼들에 섞여 오륙도 유람을 하러 간다.

2 등대섬에 내려 구경할 수 있다는 것이 고깃배 유람의 최대 장점!

3 신선대 전망대 가는 길에 처음 나타난 오륙도 풍경

나무 데크와 출렁다리로 연결된 이기대갈매길. 부산에서 가장 인기 있는 걷기 코스다.

두 이二, 기생 기妓, 이기대." 순박한 소방관 총각으로 분한 이민기가 서울 아가씨와 데이트를 하며 주고받던 대사가 영화 속 장면과 함께 안내판에 붙어 있다.

어울마당에서 오륙도 선착장까지는 가파른 산길도 지나고 말 그대로 깎아지른 절벽 중간으로 길이 걸쳐 있어 아이들을 데리고 걷기에는 위험하다. 하지만 치마바위, 농바위를 지나 마침내 오륙도가 발아래로 시원하게 펼쳐지는 해맞이공원에 이르기까지, 부산 바다를 제대로 감상하기에 이만한 코스는 또 없을 듯하다. 이기대갈매길이 끝나는 오륙도 해맞이공원은 거꾸로 강원도 고성 통일전망대까지 이르는 총 길이 688킬로미터의 동해안 둘레길, 해파랑길 1구간의 시작점이기도 하다. 전국은 바야흐로 걷기 열풍에 빠졌다. 어지럽게 뻗어 있는 자동차 길처럼 이제는 걷기길도 여기저기서 만나고 겹치고 하려나 보다.

오륙도 유람하고 등대섬 오르기

선착장으로 내려서면 눈앞에 파도가 부서지는 바위지대가 승두말이다. 그 앞에서 해녀들이 갓 따온 해산물을 썰어 파는데, 옆에 벌려 놓은 바다 생물들이 다양하다. 작은 성게들, 전복, 소라, 해삼, 멍게, 커다란 고무 대야에 목욕하듯 누워 있는 문어 한 마리까지 모두 오륙도에 사는 생물들이다. 파도 부서지는 갯바위에는 지중해담치가 주렁주렁 붙어 있고 구

해맞이공원에서 내려다 본 오륙도. 수리섬 너머로는 가려져서 다 보이지 않는다.

멍갈파래며 모란갈파래, 모무늬돌김 같은 해조류도 많이 쓸려와 붙어 있다. 봄이 되면 이 바다나물들을 따는 모습도 볼 수 있을 것 같다.

선착장 입구에서 승선표를 끊어 기다리면 곧 고깃배가 와서 사람들을 태운다. 배는 가까운 우삭도를 지나 곧 숨어 있던 섬들에게로 다가간다. 우삭도는 앞에 새끼섬 같은 것을 방패섬이라 하고, 큰 섬은 꼭대기에 소나무가 자란다고 해서 솔섬이라고 부른다. 다음에 나타나는 섬은 예전에 독수리들이 많이 모여들었다는 수리섬. 작고 뾰족한 송곳섬을 지나면 오륙도에서 가장 큰 굴섬이 다가온다. 굴섬에는 작은 동굴이 있는데 천장에서 한 사람 마실 정도의 물이 흐른다고 한다.

마지막으로 등대섬 앞에 고깃배를 대면 섬 꼭대기에 있는 등대까지 지그재그로 이어진 하얀 펜스가 여행자를 맞는다. 펜스는 섬을 한 바퀴 휘감아서 오륙도 해역을 빈틈없이 보여준다. 꽃 피는 계절에는 바위틈에 자라는 땅채송화, 해국, 갯고들빼기, 갯장구채 같은 해안식물도 찾아보면 좋다. 최근에 부산해양항만청은 이 등대섬에 시민공모로 뽑은 갈매기 조형물을 설치했다. 부산 하면 갈매기라는 상징성 때문인지, 부산갈매기 노래비도 함께 붙였다.

등대섬에서 나가려면 고깃배가 다시 오기를 기다리거나 선착장에 전화해 배를 청하면 된다. 선착장에서 오륙도는 그만큼 가깝다. 섬에 도착한

---

1 물때에 따라 2개처럼 보이기도 하는 우삭도

2 굴섬과 수리섬. 사진에선 안 보이지만 두 섬 사이에 작은 송곳섬이 있다.

1

2

배는 등대섬을 뒤로 돌아서 선착장으로 돌아가는데, 바람을 등진 굴섬 절벽마다에 민물가마우지들이 까맣게 붙어서 쉬고 있다. 여기서는 '부산갈매기'로 통하는 괭이갈매기도 유난히 많이 날아다닌다. 말하자면, 부산갈매기 울어예는 진짜 부산 바다는 여기에 숨어 있었다. 운이 좋으면 작은 물새나 새 둥지를 노리고 찾아오는 솔개나 매도 만날 수 있다.

등대섬. 섬을 한 바퀴 돌아
산책로가 나 있다

굴섬 뒤편에서 바람을 피
하고 있는 민물가마우지들

오륙도 찾아가기

KTX 부산역에서 용호동 선착장까지는 택시비가 1만 원쯤 든다. 선착장 옆
에는 부산외대까지 운행하는 2번 버스 종점이 있으니 시내로 나올 때는 이
버스를 이용하거나 콜택시 전화번호를 메모해 두었다가 불러서 타는 것이
좋다. 여기까지 별 일 없이 오는 택시는 거의 없다. 이기대갈매길 시작점인
동생말로 바로 가고 싶다면 부산역 앞에서 27번 버스로 이기대입구역까지
간 뒤 '이기대공원' 이정표를 쫓아간다. 10분쯤 걸으면 이기대성당 앞에 도
착하고 곧 왼편으로 '동생말' 이정표가 나온다. 동생말 전망대에서 오륙도
선착장까지는 걸어서 3시간 걸린다. 오륙도 유람선은 날이 궂으면 안 뜰 수
도 있으니 전화로 미리 알아보는 것이 좋다. 탑승료는 1인 1만 원이다.

문의 : 오륙도 선착장용호동 (051)626-8953, **이기대도시자연공원** (051)607-4538

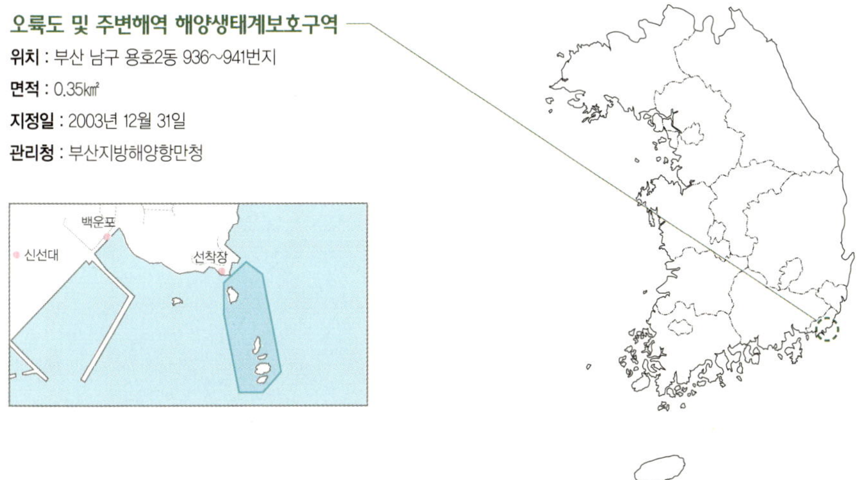

오륙도 및 주변해역 해양생태계보호구역

위치 : 부산 남구 용호2동 936~941번지

면적 : 0.35㎢

지정일 : 2003년 12월 31일

관리청 : 부산지방해양항만청

유람선을 타고 바라본 문
섬. 왼쪽은 서귀포항 부둣
가다.

제주 서귀포 문섬

바다는 신비롭다. 그 이름 자체로. 하늘이 신비로운 것과 마찬가지다. 그 끝에 무엇이 있는지 가 닿을 수 없는 심연의 세계는 동경의 대상이 되고 무한한 상상력을 자극한다. 그래서 바다 속 세상을 무대로 한 판타지 애니메이션 영화는 매번 히트를 치는 것이리라. 우리에게도 니모가 사는 곳 같은 환상적인 바다가 있을까? 알록달록 산호초 숲에 푸른 해초가 나부끼고, 예쁜 물고기들이 무리 지어 헤엄쳐 다니고, 어디선가 무서운 문어 아저씨나 이빨을 숨긴 상어가 기다리고 있을 것만 같은.

결론부터 말하면, 있다. 그런 바다. 한반도 남쪽에 이국의 섬처럼 둥실 떠 있는 제주도, 그 남쪽 서귀포 앞바다에 우리나라에서 유명한 산호 군락지가 있다. 정확하게는 서귀포 앞에 떠 있는 3개의 섬, 섶섬~문섬~범섬을 아우르는 해역으로, 이런 독특한 수중 생태계 때문에 2002년 11월 해양생태계보호구역으로 지정되었다. 이 바다를 보호하는 장치는 이뿐 아니어서 1999년에 이미 서귀포시에서 도립해양공원으로 지정했고, 2000년에는 문화재청에서 문섬 및 범섬 일대를 천연보호구역으로 지정, 보호해 왔으며, 2002년 12월에는 유네스코 '제주도 생물권보전지역'으로도 지정되었다.

한류와 난류가 교차하는 서귀포 앞바다

우리에게 제주는 보석 같은 물빛만으로도 특별하다. 그런데, 그 예쁜 바다가 신비로운 생태계도 품고 있단다. 일반적으로 열대 바다에서나 봄직한 이국적인 수중 풍경으로 알려진 산호초는 바닷물이 18~30도로 따뜻하고 물속으로 빛이 투과할 정도의 맑고 얕은 수심에서만 자란다. 산호는 어느 바다에나 살아가는 종류가 있지만 다양한 산호들이 거대한 집단을 이루어 암초 같은 산호초를 만들려면 이런 조건은 필수다.

적도에서 꽤 멀리 떨어져 있는 제주도는 남쪽 서귀포 앞바다에서 한류와 난류가 교차하며 물 온도가 따뜻해지기 때문에 산호초가 생길 수 있다. 특히 문섬을 비롯한 3개의 섬 주변에 '연산호'라고 부르는 바다맨드라미 종류가 많이 자라며, 특히 분홍바다맨드라미 군락이 매우 밀도 높게 퍼져 있다. 섬들이 모두 바위나 암반으로 되어 있는 데다 수직 벽을 이루고 있어 산호초가 살기에 이상적이다.

나무처럼 가지를 뻗은 형태에 울긋불긋 꽃이 핀 듯한 산호초는 식물처럼 보이지만 낱낱의 개체가 모여서 이루어낸 동물 군집이다. 산호는 폴립 형태의 몸에서 촉수를 뻗어 다른 생물을 잡아먹고 사는 자포동물이다. 이런 산호들이 다닥다닥 몸을 붙여 군집을 이루고 있는 산호초는 다른 바다 생물들에게도 이상적인 환경을 제공해 그 자체로 풍부한 생태계를 만든다. 산호초 주변에는 산호 알이나 산호를 먹고 사는 아열대성 물고기들이

제주 바다 어디에서나 흔히
눈에 띄는 민물가마우지

보기만 해도 아름다운 우리 바다

떼로 헤엄쳐 다니고, 해면동물이나 조개, 게, 새우, 성게, 불가사리 같이 바닥에 붙어사는 생물들도 은신처로 즐겨 찾는다. 그리고 영양가 높은 이들 먹잇감을 노려 큰 물고기나 문어 같은 포식자도 찾아온다.

제주 바다는 생물 다양성이 높기로 정평이 나 있다. 우리나라 바다생물의 모든 분류군에서 40퍼센트 정도가 제주도에 사는 것으로 추정되며, 해조류는 약 63퍼센트가 제주도에 있다. 문섬을 비롯한 주변 해역에는 물고기와 해조류를 포함해 적어도 1천 종 이상이 산다고 알려져 있으며, 우리나라에서 알려진 산호들 가운데 대부분이 여기에 산다.

잠수함 타고 산호초와 아열대 물고기 구경

이쯤 되면 진작 스쿠버다이빙을 배워두지 않은 것이 후회스러워진다. 온갖 문헌과 자료 속에 등장하는 바다생물들, 잘 찍은 해양사진으로나 접할 수 있는 물속 풍경에 성이 차지 않는 것이다. 문섬 주변은 특히 우리나라 최고의 다이빙 포인트로 인기가 높다. 아쉬운 대로 이 멋지고 특별한 바다를 좀 더 가까이 느끼며 여행할 수 있는 방법을 찾아보자.

가장 만족스러운 것은 조금 비싸도 관광잠수함을 타고 문섬 앞 수심 40미터까지 내려가 아름다운 수중세계를 직접 목격하는 것이다. 하늘을 나는 새들처럼 문섬, 섶섬, 밤섬에 가까이라도 다가가 보려면 유람선을

탄다. 또 하나는 이 바다를 가장 멋지게 바라보고 있는 올레길을 걷는 것
이다. 1박 2일 일정이면 세 가지를 다 하기에도 충분하다.

잠수함과 유람선은 서귀포항에서 탄다. 승선권을 끊는 곳이 같은 건물
에 있고 선착장도 나란히 있어 간혹 잘못 타는 사람들이 있다고 한다. 비
싼 잠수함 티켓을 끊고 유람선을 타면 정말 낭패다. 잠수함 승객은 선착
장에서 수송선을 타고 문섬까지 가서 잠수함으로 갈아탄다. 수심 10미
터, 20미터, 30미터, 40미터 이하로 단계별로 내려가면서 형형색색 산호
초와 물고기 떼, 수초 군락, 그리고 쇼로 가져다 놓은 것인지 정말 거기
에 있던 것인지 알 수 없는 난파선까지 구경시켜 준다. 중간에 다이버가
손을 흔들며 등장해 드라마틱한 해상 쇼도 연출한다.

분홍바다맨드라미는 산호 폴립들이 모여 덩어리진 형태가 이름처럼 맨
드라미 꽃을 닮았다. 그 앞으로 알록달록 화려한 물고기 떼가 지나다니며
눈을 홀리는데, 그 중에 모두가 알아보는 물고기 '니모'도 섞여 있다. 니
모의 실제 이름은 흰동가리다. 말미잘에게 먹이를 주고 은신처를 제공받
으며 공생관계를 유지하는 겁 많은 물고기로 알려져 있다. 희뿌연 유리창
밖으로 산호초와 암반을 훑으며 작은 생물들을 찾느라고 눈이 아플 지경
이다. 주홍색이 선명한 담홍말미잘, 보라색 불가사리, 희한하게 생긴 갯
민숭달팽이들처럼 컬러풀한 생물들은 확실히 눈에 잘 띈다.

1 다이버가 산호초 부근에서 물고기 떼를 불러 모아 화려한 구경거리를 선사한다.   2 문섬 주변 바다 속 풍경

유람선 타고 섶섬~문섬~범섬 구경하기

바람이 세지 않은 날이라면 유람선도 매력 있다. 서귀포항을 출발한 유람선은 정방폭포를 먼발치서 보여주고 섶섬, 문섬, 범섬를 차례로 돈다. 삼각뿔처럼 뾰족 솟은 섶섬은 우리나라에서 유일하게 파초일엽이 살아 섬 전체가 천연기념물 제18호로 지정되어 있다. 수중에 난류가 가장 많이 흐른다는 문섬은 새끼섬인 의탈섬과 한 세트다.

범섬도 새끼섬이 있다. 세 섬 중에 덩치도 제일 크고 상층부가 편평해서 올라서고 싶다는 생각이 든다. 그저 수직 절벽 같아 보이던 섬 둘레에 다가갈수록 낚시꾼들이 많이 눈에 띈다. 그러고 보니 섬 주변에 둥둥 떠 있는 고깃배들도 한가롭게 낚싯대를 드리우고 있다. 세 섬 모두 낚시터로 인기 있지만 범섬은 특히 주변에 암초가 많아서 물고기가 많이 잡힌다고 한다. 참돔, 돌돔, 감성돔, 흑돔, 자바리 등 종류도 다양하다. 유람선은 범섬을 한 바퀴 돌아서 서귀포항으로 돌아온다. 그래서 잘생긴 범섬을 구석구석 뜯어볼 수 있는데, 빗살무늬처럼 사선으로 결을 낸 주상절리가 무척 독특하다.

서귀포항에 돌아오면 그냥 휙 빠져나가지 말고 새연교로 연결된 작은 섬, 새섬도 구경해 보자. 예부터 초가지붕을 잇는 새띠가 많아 새섬이라 불렀다는 이 섬은 둘레를 따라 1킬로미터 길이의 산책로가 나 있다. 코앞에 문섬을 마주보고 있는 데다 해양보호구역에 속한 세 섬들과 비슷하게

1 기둥 모양 주상절리가 사선으로 배열되어 있는 범섬의 독특한 표정

2 새섬에는 다양한 상록활엽수가 자란다. 사진은 바위 절벽에 붙어 자라는 우묵사스레피

1
2

암반으로 이루어져 있어 독특한 식생을 대신 체험하는 공간이 된다.

새섬에는 남쪽 지방답게 늘푸른나무들이 많다. 소나무, 잣나무처럼 흔히 보는 바늘잎나무가 아니라 넓은잎나무여서 제주 공항에서 야자수를 처음 보았을 때처럼 이국적인 분위기가 물씬 난다. 바위 절벽에 붙어 자라는 나무는 대부분 우묵사스레피다. 가장자리가 뒤로 또르르 말린 듯한 잎 모양이 특색 있다. 산책로 주변에는 개성 넘치는 까마귀쪽나무가 유난히 많다. 길쭉하고 두터운 잎 뒷면에 갈색 털이 빽빽해서 만지면 벨벳 느낌이 난다. 잎 뒷면과 열매에 은빛이 도는 덩굴나무인 보리밥나무, 잎이

꼭 여덟 갈래로 갈라지는 건 아닌 팔손이나무, 잎줄기가 붉은 굴거리나무 그리고 사철나무, 돈나무, 참식나무 들이 자란다. 수종이 다양하진 않지만 좁은 공간에 모양 좋게 자란 나무들이 많아 구경하는 재미가 있다.

새섬 중앙에는 암반 지대에 물이 자작자작 고인 습지도 있는데, 여기에 주로 발 담그고 있는 식물이 '새'라고 부른다는 띠다. 물웅덩이는 빗물이 고였거나 태풍에 바닷물이 넘쳐 올라왔거나 해서 자연히 생겼을 것이다. 울퉁불퉁한 바윗길을 지나 서쪽 끝에서 멀리 범섬을 바라보고 서면 쪽빛 바다 위에 홀로 떠 있는 것 같은 묘한 기분도 든다.

새섬에 있는 습지

해양보호구역을 감상하는 올레 7코스

걷기 여행 1번지, 제주에서 이제 올레를 빼면 뭔가 허전하다. 마침 해양보호구역을 바라보며 바닷길을 따라 걷는 코스가 있다. 제주 올레 중에서도 가장 인기 있는 7코스, 그 가운데 외돌개부터 법환포구까지 4.8킬로미터 구간이다. 바다로 치면 문섬에서 범섬에 이르는 구역으로, 반나절이면 충분히 걷고도 남는다.

올레 7코스 시작점인 외돌개는 바닷가에 20미터 높이로 솟은 기둥바위다. 이를 배경으로 사진을 찍을 수 있는 전망대가 있는데, 자리를 잘 잡으면 외돌개 옆으로 범섬이 나란히 찍힌다. 그 뒤로 해 지는 모습을 보기 위해 일부러 늦은 시간에 찾아오는 사람도 있다. 외돌개 서쪽 언덕에 있는 대장금 촬영지를 지나면 돔베낭길이라고 부르는 해안 산책로가 이어진다. 단체 버스 관광객들까지 올레 맛보기 코스로 애용할 정도이니, 바다 전망은 끝내준다. 돔베낭길이 끝나면 길은 잠시 마을로 휘어들었다가 다시 바다로 나온다.

야자수들이 멋들어지게 자란 수모루소공원 앞에서 할머니가 해산물을 썰어 파셨다.

"해삼 한 접시에 얼마예요?"

"해삼이 아냐, 홍삼이지. 여기 것은 썰면 피처럼 붉은색이 돌아서 홍삼이라고 해. 바다에서 나는 보약이야, 보약."

올레 7코스 시작점인
외돌개

　　제주 사람들이 '홍삼'이라고 부르는 홍해삼은 유채가 피기 전, 봄바다에서 나는 별미로 알려져 있다. 해산물은 모두 아침에 앞바다에서 따온 것이라 했다. 한 접시 썰고 똑 떨어지자 할머니는 "또 나갔다 와야 하나…." 하고 잠깐 망설이다 그만두셨다. 홍해삼은 해삼보다 확실히 더 담백하고 시원한 바다 맛이 났다.

　　이 앞 해변에서는 야생 선인장도 자란다. 납작한 가지 때문에 '손바닥 선인장'이라고도 부르는 종인데, 우리나라에서 유일하게 자생하는 선인장 종류이며, 제주도와 일부 남해안에서 볼 수 있다. 올레를 걷다 보면 제주도에서만 혹은 제주도이기 때문에 더 잘 볼 수 있는 식물이 있다. 서귀포시에서 가로수로 심은 먼나무가 대표적이다. 겨울에 빨간 구슬 열매가 인상적인데, 새들이 겨울 간식으로 참 좋아한다. 가로수 중에 감귤보다 크고 한라봉은 아닌 열매를 맺은 것도 궁금했다. 택시 기사에게 물으니 제주 사람들은 '나스미깡'하귤이라 부르며 한라봉 품종을 개발할 때 원료로 썼다고 한다. 과거에 이상의 시에도 나스미깡이라는 단어가 등장했을 정도로 제주에서 오래 키우고 불러온 이름이다.

　　올레꾼들이 가장 아낀다는 수봉로를 지나면 어느덧 법환포구다. 수봉로는 2007년, 올레지기인 김수봉 씨가 직접 삽과 곡괭이로 땅을 갈아 계단과 길을 닦은 곳이다. 그래서인지 흙길이며 그 옆으로 이어진 바다 풍경이 어느 곳보다 자연스럽다. 어느새 범섬이 와락 다가앉고 뒤로는 문섬

---

1 제주 바다에서 나는 보약이라는 홍해삼과 멍게 한 접시

2 수모루소공원 앞 바다에 자생하는 선인장. 우리나라에서 유일하게 자생하는 선인장 종류다.

3 빨간 구슬 같은 열매가 달리는 서귀포 가로수, 먼나무

1

2

3

과 섶섬이 아스라하다. 법환포구는 과거에도 범섬을 찾는 다이버나 낚시꾼들이 즐겨 머물던 곳인데, 올레길이 생긴 뒤로는 마을이며 가게들, 거리 풍경이 한결 정갈해졌다. 올레가 바꿔놓은 제주 풍경이 몇 가지 있는데, 하나는 제주도 해안가 어디에나 생겨난 커피 전문점이요, 또 하나는 마을 어귀마다 다채로운 모습으로 웃음으로 주는 해녀 동상이다.

해가 뉘엿뉘엿 진다. 오전에 잠수함을 타고 들어갔던 바다 속 마을에도 해가 지겠지. 빛을 잃어 무채색으로 변한 산호 숲엔 야행성 바다생물들이 슬금슬금 기어 나와 기지개를 펴고 있을 것이다.

1 법환포구 입구에서 가장 먼저 올레꾼을 반기는 카페 메뉴판

2 올레꾼들이 가장 아낀다는 수봉로. 홀로 걷는 사람들도 많다.

법환포구. 재미있는 해녀
동상 뒤로 섶섬과 문섬이
나란히 보인다.

제주도 섶섬~문섬~범섬 찾아가기

제주공항 1층에서 서귀포까지 가는 리무진 버스가 있다. 요금은 1인 6천 원
정도 하며, 15~25분 간격으로 출발한다. 종점인 서귀포시외버스터미널에
내려 서귀포해양도립공원까지는 택시를 이용하는 것이 좋다. 서귀포 유람
선 선착장에 가자고 하면 편하다. 선착장 앞에서 새연교를 건너 새섬에 들
어갈 수 있다. 잠수함 관광과 유람선 관광은 각각 1시간 20분쯤 걸리며, 요
금은 성인 기준으로 잠수함은 5만 원, 유람선은 1만5천 원이다. 잠수함은
인터넷으로 예약하면 10퍼센트 할인해 주고, 유람선은 공항 렌터카 업체에
서 할인 티켓을 준다. 서귀포항에서 올레 7코스 시작점인 외돌개까지는 택
시를 타는 것이 간편하며, 만약 차를 외돌개 주차장에 세우고 찾으러 다시
갈 경우에는 콜택시 전화번호를 알아 두는 게 편하다. **문의 : 서귀포 70리 유
람선**한국해양레저개발 (064)732-1717, **서귀포 잠수함**대국해저관광 (064)732-6060, **서귀포
택시콜** (064)762-0100

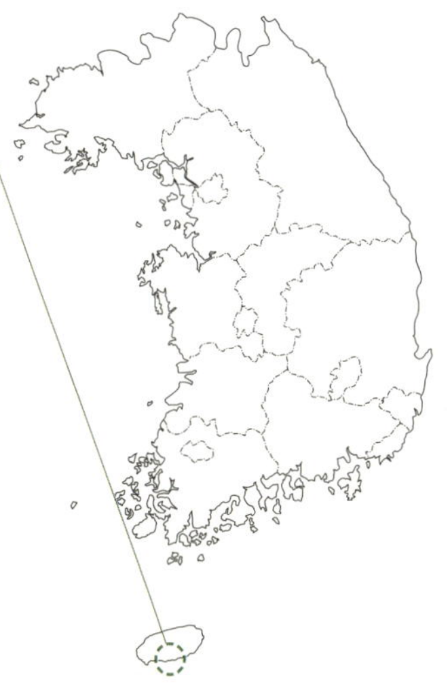

문섬 등 주변해역 해양생태계보호구역

위치 : 제주도 서귀포시 보목동~강정동 해역 (문섬, 범섬, 섶섬 포함 해역)

면적 : 13,684㎢

지정일 : 2002년 11월 5일

관리청 : 부산지방 해양항만청

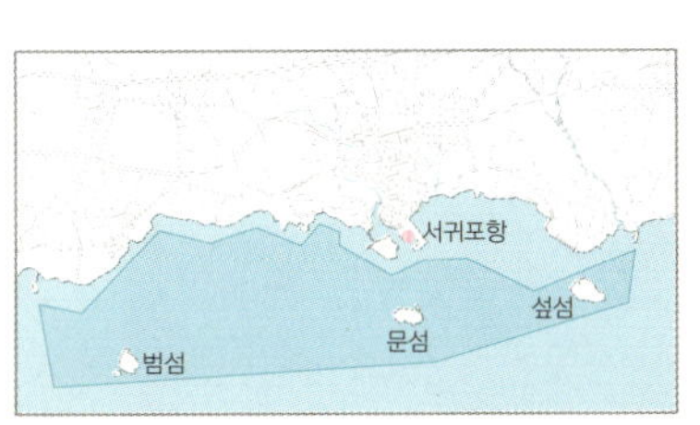

보기만 해도 아름다운 우리 바다

장봉도·송도·세천 욱복도·북안·고창·진도

살아있어 줘서
고마운 우리 갯벌

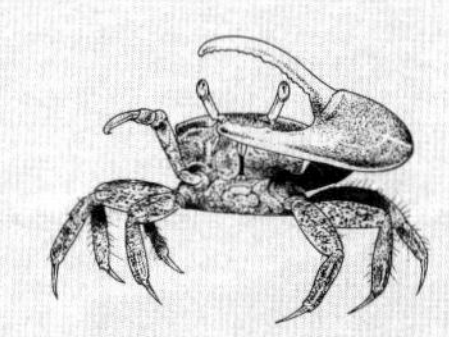

국사봉 전망대에서 마을과
주변 해역을 넓게 내려다
볼 수 있다.

장봉도·송도

요즘 네티즌들 사이에서 '깨알 같다'는 신조어가 인기다. 깨알 같은 개그, 깨알 같은 연기, 깨알 같은 리뷰… 등. 네이버 오픈사전에 의하면 '무언가 좋은 것을 형언할 때 쓰는 말'이라고 뭉뚱그려 놓았는데, 사용 예들을 보면 구석구석 숨어 있던 매력을 발견할 때 감탄사처럼 쓰는 말 같다. 바닷물의 들고 남에 따라 매 시각 다채로운 모습을 보여주는 우리나라 서남해안을 묘사하는 데도 이 말이 잘 어울릴 듯하다. 특히 변화무상한 바다에 흩어져 있는 수천 수백 개의 크고 작은 섬들, 그것이 품고 있는 수려한 자연경관과 경이로운 생태계, 섬사람들의 소소한 일상을 생각하면 그 '깨알 같음'을 이루 설명하기 어렵다.

인천국제공항이 있는 영종도에서 배를 타고 들어가는 장봉도는 그 진수를 보여준다. 지도에서 보면 장봉도는 강화도와 영종도 사이 근해에서 서해로 한 발 더 나아간 곳에 길게 드러누워 있다. 영종도에서 배를 타면 인기 드라마 촬영지이며 자전거 여행지로 유명한 신도~시도~모도 트리오 섬을 지나 장봉도가 모습을 드러낸다. 배가 신도를 경유하고 차를 싣고 내리느라 50분이나 걸릴 뿐, 하루 종일 배보다 많은 비행기를 구경하고 밤바다 너머로 인천국제공항의 야경을 볼 수 있을 정도로 가까운 섬이다.

노랑부리백로가 사는 국내 최대 습지보호구역

수도권에서 이렇게 가까운 섬이 생태적으로 특별한 주목을 받는 이유는 썰물 때면 섬 주변으로 끝도 보이지 않게 드러나는 광활한 갯벌 때문이다. 섬 면적이 7.32제곱킬로미터인 데 반해 습지보호지역으로 지정된 면적은 무려 64.8제곱킬로미터에 달한다. 현재 습지보호지역으로 묶인 우리나라 연안갯벌들 중에서 가장 규모가 크다. 섬에는 150미터 높이의 국사봉을 비롯해 크고 작은 봉우리들이 솟아 있는데 지형이 동서로 길고 자잘한 봉우리가 많아 장봉도(長峰島)라 불린다, 썰물 때는 어느 봉우리에 올라서라도 호쾌한 전망을 감상할 수 있다. 시선이 가 닿는 저 멀리까지 검은 갯벌이 드러나 있어 정말 '저 바다에 누울' 수도 있겠다 싶다.

"끼룩, 끼룩, 끼룩~"

카페리가 신도를 벗어날 즈음 괭이갈매기 떼가 몰려든다. 2층 전망대에서 누군가 새우깡을 '쏜' 모양이다. 먹성 좋은 괭이갈매기들은 아무거나 닥치는 대로 잘 먹는다. 녀석들은 경쟁하듯 배를 향해 돌진하다 바람에 밀려나기를 되풀이한다. 마치 다이아몬드 스텝으로 하늘에서 군무라도 추는 듯하다. 육안으로 새를 이처럼 가까이 관찰할 기회는 없다. 노란 부리 끝에 검고 붉은 띠가 있는 것은 괭이갈매기 어미 새, 갈색 몸에 부리 끝이 검고 부리와 다리에 핑크빛이 도는 것은 어린 새다.

우리나라 몇몇 무인도에서 번식한다고 알려져 있는 괭이갈매기는 장봉

장봉도로 가는 카페리

살아있어 줘서 고마운 우리 갯벌

도 근처에서도 수천 마리가 둥지를 틀고 산다. 특히 장봉도에서 서쪽으로 20킬로미터쯤 떨어진 무인등대섬 신도_{조금 전 지나친 그 신도가 아니다}는 괭이갈매기들의 집단 번식지이면서 국제적 보호종인 노랑부리백로의 국내 첫 번식지로 발견되어 1989년에 천연기념물 제360호로 지정되었다. 지금은 더 가까운 동만도와 서만도에도 집단 번식지가 있다.

노랑부리백로는 종 자체가 천연기념물_{제361호}이다. 전 세계 개체수가 3천여 마리밖에 안 되는 희귀종인데, 대부분이 여름에 장봉도를 비롯한 우리나라 서해안 섬 지역에 찾아와 번식한다. 이 시기에 부리가 노랗게 변하고 뒷머리에 댕기를 단 듯 장식깃이 생기는 것이 특징이다. 주로 갯벌이나 강 하구 얕은 물에서 물고기나 게들을 잡아먹으므로 만조가 가까워지는 밀물 때 먹이를 찾아 해안 가까이로 다가오는 녀석들을 기다려서 관찰하면 된다. 여름엔 장봉도 해안 전역에서 곧잘 눈에 띈다.

한강 하구에 생성된 건강한 혼합갯벌

배는 장봉도 동쪽 끝, 옹암선착장에 닿는다. '장봉바다역'이라는 낭만적인 이름이 붙은 건물 너머로 오른쪽 해안에 구름다리를 걸친 작은 섬 하나가 보인다. '멀곶'이라는 이름의 부속 섬. 장봉도에서 갯벌 체험을 하기 좋게 닦아놓은 곳이므로 여기부터 가 보자. 썰물 땐 작은 섬 주변에 갯바위와 모래톱이 드넓게 펼쳐지고, 만조 땐 구름다리를 건너 정자에만 머물

---

1 장봉도 서쪽 무인섬 신도에 있는 괭이갈매기들의 집단 번식지　　**2** 천연기념물인 노랑부리백로도 장봉도 주변에서 만날 수 있다.

수 있다. 딱 정자 하나 놓을 정도로 작은 섬엔 바위 틈 사이로 장구밥나무와 보리밥나무가 자란다. 장구밥나무는 서해안 바닷가에서 흔히 볼 수 있지만 보리밥나무는 남해안에서도 섬 지방에서나 흔한 상록 덩굴나무여서 더욱 반갑다.

장봉도 갯벌은 전형적인 하구 갯벌이다. 한강 하구에서 쓸려온 자연 퇴적물이 섬 곳곳에 다양한 모래 지형을 만들어 놓았다. 물 빠진 멀곳 주변에 호리병 모양으로 드러나는 모래톱도 이색적이다. 사람들은 굴과 고랑따개비, 총알고둥들이 다닥다닥 붙어 있는 갯바위에 서서 낚싯대를 드리우거나 자갈이 많은 모래 바닥을 긁어 바지락을 줍는다.

옹암, 한들, 진촌 해변을 비롯해 섬 곳곳에 드러난 작은 갯벌들도 물 빠진 모습은 비슷하다. 만조 때는 영락없는 모래 해변이지만 물이 빠지면 그 앞에 너덜너덜한 바위지대가 드러나고 그 너머로 반짝이는 검은 갯벌이 장대한 역사처럼 펼쳐진다. 물론 해변의 정취는 저마다 다르다. 모래 사장이 가장 긴 데다 밤에 영종도 공항의 불빛이 눈부실 정도인 옹암 해변은 도회적인 분위기마저 풍기고, 한들 해변은 멋스러운 솔숲이 인상적이며, 마을을 모두 지나 북쪽을 향해 선 진촌 해변은 어딘지 쓸쓸한 느낌이 난다.

줄무늬가 뚜렷한 고랑따개비들 사이로 총알고둥이 보인다.

물이 빠지면 멀곳에서 호
리병 모양으로 이어지는
모래톱이 드러난다.

가두리어장 치고 갯농사로 살아가는 사람들

장봉도에는 현재 300가구 남짓에 800여 명이 산다. 섬이 길쭉한 형태인데다 올망졸망한 산악지형을 띠고 있어 곳곳에 작은 마을이 흩어져 있지만 섬 중앙부에는 제법 넓은 평지가 있어 논농사도 짓는다. 하지만 섬마을 대부분이 그러하듯 주민들의 생계를 주로 해결해 주는 것은 바다농사고 갯벌농사다.

가까운 갯벌엔 주민들이 돌담을 쌓거나 그물을 세워 만든 자연어항이 있다. 밀물 때 들어온 물고기가 썰물 때 빠져나가지 못하도록 가두어 잡는 설치물이다. 돌담으로 둑을 쌓는 것은 아주 전통적인 방식으로 독살 혹은 석방렴이라 부르고, 갯벌에 나무 말뚝을 박아 그물을 쳐 두는 요즘 방식은 건강망이라고 한다. 이곳엔 하루에 두 번 썰물에 미처 빠져나가지 못한 물고기들이 걸려든다.

마침 점심을 먹은 식당의 주인아저씨가 건강망을 털어 오셨다.

"망둑어가 제일 많아. 지금은 겨울이니까 숭어도 잡히고. 이건 우럭 새끼. 여름엔 광어, 놀래미도 많이 잡히고 소라도 많지."

아저씨가 쳐 주지도 않은 수확물 중엔 손바닥만한 갯가재와 칠게 한 마리, 손톱만한 집게도 들어 있다.

망둑어는 갯벌이 발달한 서쪽 근해에서 가장 흔히 잡히는 물고기 종류다. 바다와 강을 오가며 사는 망둑어들은 썰물 때 해안 깊숙이 파고드는

1 묘하게 쓸쓸한 분위기를
풍기는 진촌 해변

2 갯벌에 돌담을 쳐서 물
고기를 잡는 독살

1
2

경향이 있는데다 아무거나 덥석 물고 보는 게걸스러운 식성 때문에 손맛을 즐기는 낚시꾼들한테 속속 잘도 걸려든다. 흔히 '망둥어'라고 잘못 표기하고 지역마다 문절이, 망둑이, 꼬시래기, 범치 등 다양하게 부르는데, 서해안에서 낚시로 잡는 망둑어 종류는 대체로 풀망둑이다. 겨울잠을 자러 들어가기 직전인 늦가을에 가장 맛이 좋다고 해서 이 무렵엔 그 넓적한 얼굴들에 줄을 꿰어 바닷바람에 말리는 모습도 종종 볼 수 있다. 얼핏 명태 새끼인 노가리를 엮어놓은 것 같다.

갯바위가 많은 장봉도 주변 해역엔 흔히 '소라'라고 부르는 피뿔고둥도 많다진짜 소라는 제주도를 비롯한 몇몇 남해안 해역에서 잡는다. 피뿔고둥은 굴을 먹고 살기 때문에 굴이 많은 갯바위에 붙어 있는 것을 물이 빠질 때 찾으면 된다. 속살을 먹고 난 피뿔고둥 껍데기는 주렁주렁 엮어 주꾸미를 잡는 '소라방'을 만들기도 한다. 바위틈이나 소라껍데기에 숨어 알을 낳는 주꾸미의 습성을 이용해 고안해낸 낚시 도구인 셈이다.

올망졸망 봉우리 넘으며 바다 전망하기

아름다운 섬 풍광만 만끽하기에도 장봉도는 매우 훌륭한 여행지다. 전망 좋은 봉우리들을 잇는 산책로가 여러 갈래로 뻗어 마을도 지나고, 해변에도 데려다 놓고, 아무 곳에서나 도로로 내려서면 마을버스도 탈 수 있기 때문에 올레길 걷듯 발길 닿는 대로 자유롭게 여행해도 좋다.

---

1 풀망둑. 망둑어 종류 중에 몸집이 큰 편으로 갯벌이 발달한 서해안 근해에서 잘 잡힌다.

2 신도와 시도를 잇는 연도교 밑에서 낚싯대를 드리우고 있는 부녀 강태공

살아있어 줘서 고마운 우리 갯벌

섬 안에서 가장 전망이 좋은 곳은 해발 150미터의 국사봉이다. 차로 장봉1리에서 장봉2리로 넘어가는 말문고개를 지날 때 고갯마루에 있는 주차공간에 차를 세우고 300미터를 오르는 것이 최단 코스다. 급경사 길이지만 소나무 잎이 융단처럼 깔려 있어 걷기 편하다. 국사봉 정자에 앉으면 가구 수가 제일 많은 장봉2리 마을과 너른 농경지, 시원한 바다 풍광이 한 폭 그림으로 내려다뵌다. 사방이 뚫린 섬 정상이라 360도 파노라마 뷰를 훑으며 정점에 선 기분을 만끽할 수 있다. 서쪽 끝 해안절벽인 가막머리는 낙조가 아름답기로 유명하다.

돌아오는 길에 여유가 된다면 신도에도 들러보기를 권한다. 신도, 시

국사봉에서 내려다본 장봉도 마을과 그 앞에 펼쳐진 바다

도, 모도는 모두 연도교로 연결되어 있어 차만 있으면 1~2시간 안에 충분히 돌아볼 만하다. 섬 안에 산악자전거 코스가 조성되어 있는데다 선착장 앞에서 공공자전거를 대여할 수 있다. 시도에는 드라마 '풀하우스'와 '슬픈연가' 세트장이 나란히 있고, 모도에는 조각가 이일호 씨가 바닷가에 작업실을 마련하고 작품도 전시한 배미꾸리 해변이 있다. 셋 중 가장 넓은 신도에는 갯벌체험장 외에 별다른 관광지가 없지만 농경지가 꽤 넓게 펼쳐져 있어 낙곡을 먹으러 모여든 겨울철새들을 관찰하기에 좋다. 섬들을 잇은 연도교 주변엔 밀물 때만 되면 망둑어 낚시를 하려는 강태공들이 모여든다.

저어새들의 고향, 송도갯벌

인천에는 습지보호지역으로 지정된 갯벌이 또 하나 있다. 대대적인 갯벌 매립으로 세워 올린 송도신도시 앞에 가까스로 살아남은 약 6제곱킬로미터의 갯벌이다. 이름 하여 송도갯벌은 그리 멀지 않은 과거에 영종도, 장봉도 갯벌과 하나로 이어져 있었을 만큼 대단한 규모를 자랑했다. 하지만 인천국제공항 건설을 시작으로 갯벌 매립에 자신감을 얻은 인천광역시가 영종도와 청라지구, 송도를 잇는 인천자유경제구역 개발을 추진하면서 갯벌은 마치 땅따먹기 게임에 잘려 나가듯 야금야금 사라져 갔다.

송도갯벌 습지보호지역은 지금 남아 있는 갯벌 전체가 아니다. 송도매립지 11공구 중 3.61제곱킬로미터와 나중에 인공 섬을 만들기로 계획되어 있는 6·8공구 2.50제곱킬로미터를 2009년 말에 보호구역으로 묶었다. 이는 습지보호지역 지정권한에 국토해양부와 환경부 외에 해당 시도지사를 포함하기로 한 2005년 법 개정 이후 연안습지 분야에서 처음 이끌어 낸 성과다. 야심차게 신도시 개발을 추진하던 지자체 입장에서 부지의 일부라도 습지보호지역으로 내놓는(?) 것은 쉽지 않았을 것이다.

하지만 그럴 수밖에 없는 사건이 이곳에서 일어났다. 갯벌로서의 가치를 점점 잃어가던 송도갯벌에서 국제적인 멸종위기종으로 비상한 관심을 받고 있는 저어새천연기념물 제205-1호들이 정착해 번식을 시작한 것이다. 번식지는 어처구니없게도 해안가 남동공단 주변의 유수지 안에 돌탑처럼 쌓인 작은 인공 섬이었다. 전 세계에 2천여 마리밖에 살지 않는 저어새는 대부분이 3월경 우리나라에 찾아와 서해안 무인도에서 새끼를 치고 가을까지 지내다가 남쪽 월동지로 날아간다. 그렇게 귀한 새가 시끄러운 도심 한복판으로 번식지를 옮겼으니 그 사정이 얼마나 절박했겠는가.

이 문제는 국내외로 큰 관심을 모았다. 저어새 보호를 위한 국제협력은 매우 견고해서 매년 1월에 전 세계 월동지에서 개체수 동시 조사를 20년 넘게 해 오고 있다. 우리나라의 번식지 훼손은 곧 저어새의 멸종을 뜻하기 때문에 파장은 매우 컸다. 환경부는 조사 결과 송도갯벌 매립에 부정적인 의사를 밝혔고, 2009년 (사)한국내셔널트러스트에서 주관한 '꼭 지켜야 할 자연문화유산'에서 송도갯벌은 국토해양부 장관상을 수상했다.

결과적으로 송도갯벌을 지켜낸 것은 저어새 그 자신일지 모른다. 새 부리가 뾰족하다는 일반인의 상식을 무참히 깨뜨린 저어새는 갯벌에서 만나면 그 독특한 생김새 때문에 단박에 이름을 떠올릴 수 있다. 주걱 같은 검은 부리를 물에 쳐 넣고 좌우로 머리를 휘저으며 먹이를 찾는 모습도 이름에 딱 어울린다. 언제라도 송도갯벌에 찾아간다면 저어새들이 절박하게 지켜낸 고향이라는 점을 꼭 기억하기를 바란다. 🐚

한들 해변. 입구에 심어 놓은 참나무 라인이 근 사하다.

장봉도 · 송도 찾아가기

영종도 삼목선착장에서 매 시간 10분마다 신도, 장봉도로 가는 배가 뜬다. 첫 배는 오전 7시 10분, 마지막 배는 오후 6시 10분이다. 신도까지는 20분, 장봉도까지는 50분 걸린다. 장봉도에서 나올 때는 매 정시마다 배가 있다. 승선 요금은 도착지에서 돌아올 때 왕복 가격으로 함께 내면 된다. 영종도장봉도 왕복 요금은 어른 1인 당 5천500원, 승용차를 실을 경우 3만 원을 더 내야 하고, 영종도신도 왕복 요금은 어른 1인 당 3천600원. 승용차는 2만 원을 더 낸다. 인천시민은 이 요금에서 일정 금액을 깎아준다. 한편, 가 고 오는 길에 신도에 내렸다가 다시 탈 경우 추가 요금이 붙는다.
문의 : 세종해운(032)884-4155

영종도 삼목선착장에서 송도까지는 30분이 채 안 걸린다. 공항신도시 나들목을 지나 인천대교를 타고 송도까지 곧장 간 다음, 송도 나들목에서 내려 직진하던 방향으로 외암도 사거리까지 가면 바로 정면이 저어새 번식지로 알려진 남동유 수지다. 인천 지하철을 이용할 경우 동막역이 가깝다.

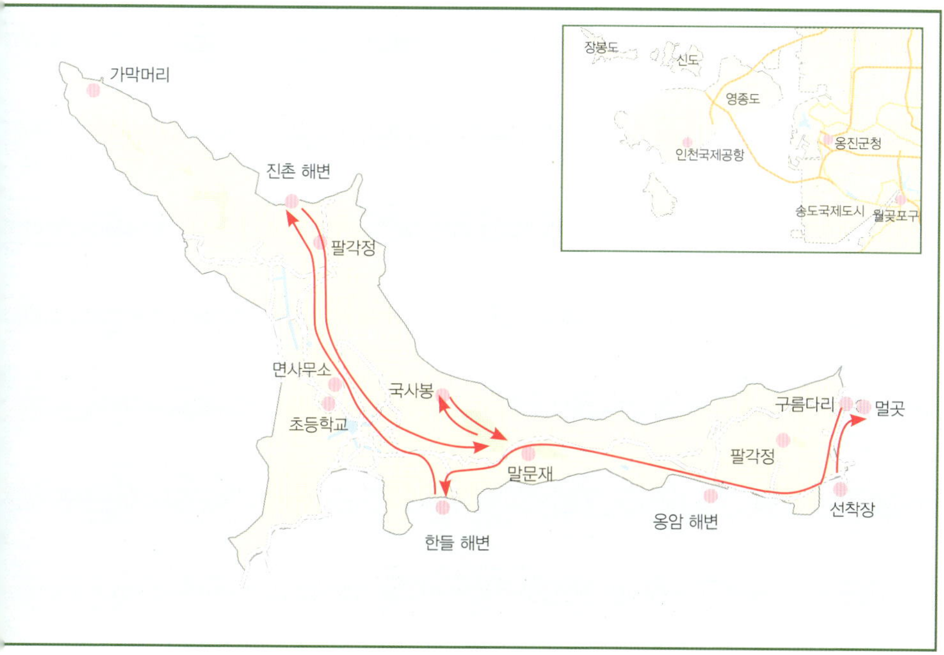

장봉도갯벌 습지보호지역

위치 : 인천 옹진군 북도면 장봉리 일대

면적 : 68.4㎢

지정일 : 2003년 12월 31일

관리청 : 인천지방해양항만청

송도갯벌 습지보호지역

위치 : 인천 연수구 송도동 일대

면적 : 6.11㎢

지정일 : 2009년 12월 31일

관리청 : 인천광역시 연수구청

살아있어 줘서 고마운 우리 갯벌

군산항을 마주보고 있는
유부도 동쪽 모래 해변

서천 유부도

겨울, 서천에 왜 가냐고 물을지도 모르겠다. 봄에 주꾸미, 가을에 전어로 유명세를 타 어쩌다 맛의 고장이 되어 버린 듯한 서천. 조금 특별한 여행이라면 해돋이와 해맞이를 함께 볼 수 있는 마량포구, 영화 '공동경비구역 JSA'의 촬영지였던 신성리 갈대밭쯤을 떠올리지 않을까? 물론 한여름이라면 갯벌 체험을 겸해 찾아갈 해변들도 있다. 그런데 겨울에, 왜?

겨울에 텅 빈 서천으로 발길을 돌리는 사람들은 대부분 새를 보러 간다. 군산과의 경계를 이루는 금강 하구는 예부터 우리나라에서 몇 손에 꼽히는 대규모 철새 도래지였다. 겨울엔 해질녘 수십만 마리에 달하는 가창오리들의 군무를 보기 위해 금강 하굿둑에서 발을 동동 구르며 줄지어 기다리는 풍경이 익숙했다. 하지만 최근엔 새만금 영향으로 금강 하구를 찾는 새들도 부쩍 줄었고, 지구온난화가 불러온 겨울 한파 탓에 왔다가도 후딱 남쪽으로 도망쳐 버리는 녀석들이 많다. 그래도 사람들은 계속 서천을 찾는다. 마른 가지에 노란 손수건을 다는 심정으로, 그때 그 새들이 다시 돌아와 주기를 바라면서.

매립에서 보전으로, 더 넓어지는 서천갯벌

서천을 대표하는 풍경이라면 역시 갯벌이다. 서천에서 갯벌은 바다의 다른 이름이다. 해안가 마을마다 간조 때면 검고 찰진 갯벌 밥상이 끝도 없이 펼쳐진다. 민물과 바닷물이 만나 섞이는 금강 하구에 자연 발생한 갯벌로서 보전 가치가 상당히 높은 서천갯벌은, 그러나 비교적 최근에야 습지보호지역으로 지정되었다. 2008년 1월에 지정된 보호구역은 여름에 갯벌체험장으로 인기 높은 서면 월호리에서 시작해 남으로 종천면 당정리까지의 해안12.2㎢, 그리고 서천과 군산 사이 금강 하구 서쪽에 뚝 떨어진 작은 섬, 유부도 일대3.1㎢를 포함한다. 지도로 보면 정작 금강 하구에 직접 면한 장항갯벌만 쏙 도려낸, 이상한 모양새다.

이렇게 된 데는 조금 복잡한 사연이 얽혀 있다. 장항읍 송림리 일대는 1989년에 이미 국가산업단지로 지정, 매립이 예정되었던 바다다. 그러나 같은 금강의 영향을 받는 새만금갯벌이 어마어마한 규모로 개발되고 이를 둘러싼 환경단체와 국민들의 반발이 높아지자 정부는 2007년에 장항국가산업단지 지정을 취소하고 그 부지에 국립해양생물자원관과 국립생태원 등을 세우기로 결정했다. 이에 발맞춰 서천군은 '세계적인 해양생태도시'로 도약하기 위한 마스터플랜을 가꾸어 가고 있다.

서천군과 국토해양부는 최근에 반가운 계획을 내놓았다. 이전까지 보호구역에서 제외되어 있던 장항읍 송림리 일대 14.2제곱킬로미터를 서천

여름에 갯벌체험장으로 인기 있는 월하리 갯벌. 겨울 햇살 아래 검은 갯벌이 반짝인다.

갯벌 습지보호지역으로 확대 지정해 갯벌생태 복원 교육장으로 적극 활용하겠다고 발표한 것. 예정대로 2012년에 국립해양생물자원관과 국립생태원이 들어서면 서천군은 우리나라 해양생태 연구는 물론이고 생태체험교육 및 생태관광의 메카로 성장할 가능성이 높다. 새들이 사라져 가는 서천이 새로운 전기를 맞은 셈이다. 잘하면 앞으로는 별미 여행이 아닌 갯벌생태 여행, 혹은 해양생태 여행을 위해 아이들 손을 잡고 다시금 서천을 찾게 될지 모르겠다.

가창오리의 군무를 볼 수 있는 금강 하구

습지보호지역이 시작되는 월하성 갯벌체험 마을은 서해안고속도로 춘장대 나들목을 빠져서 접근하면 빠르다. 여기서부터 남으로 뻗은 길은 곧잘 마을로 파고들어 달리지만 바다는 금강 하구에 닿기까지 내내 검고 두터운 속살을 드러내고 있다. 꽁꽁 언 갯벌 위로 정오의 햇살이 쏟아지자 바다는 마치 검은 비단을 두른 듯 반짝인다.

새로운 미래를 준비하고 있어서인지, 장항은 활기차 보인다. 송림으로 유명한 장항 해변에서 장항제련소의 붉은 굴뚝은 유난히 눈에 띈다. 하지만 이 또한 장항의 오래 된 표정. 장항갯벌은 과거 제련소 때문에 오염이 심했으나 최근에 생물다양성이 개선되는 등 복원 기대를 높이고 있다. 또 2008년에 장항선 철도가 새로 깔리면서 80년 역사를 접어야 했던 옛 장항역은 2012년 국립해양생물자원관이 개관하면 여행자들을 실어 나르는 관광열차가 다시 달릴 것이다.

　장항항을 지나 조금 더 달리면 금강을 가로지른 하굿둑이 보인다. 가창오리의 군무는 보통 이른 겨울에 하굿둑 상부에서 볼 수 있다. 얼굴에 태극 문양 같은 것이 있어 우리 민족에게 더욱 귀하게 대접 받는 가창오리는 전 세계 개체수 대부분이 가을에 시베리아에서 서산 천수만으로 날아온다. 천수만에 머물던 가창오리는 더 추워지면 남쪽으로 이동하는데, 대부분이 금강 하구를 거쳐 해남 고천암호로 가고 일부는 창원 주남저수지로 간다. 수십만에 달하는 큰 무리를 지어 이동하는 습성 때문에 군무가 그리 유명한 것인데, 실제로 보면 해 지는 하늘에 검은 그물을 던져 놓은 것 같다.

초겨울 해질녘에 펼쳐지는 가창오리의 군무. 하늘에 검은 그물을 풀어놓은 듯하다.

검은머리물떼새의 최대 월동지, 유부도

서천갯벌 습지보호지역의 핵심, 유부도는 주로 군산항을 통해서 간다. 금강 어귀에서 불과 5킬로미터 떨어진 면적 0.77제곱킬로미터의 작은 섬인데, 서천 장항 쪽으로는 토사 때문에 뱃길이 잘 나지 않는 데다 거리로도 군산항이 더 가깝기 때문이다. 하지만 이 섬을 정기적으로 오가는 배가 없어 들어가려면 개인 배를 미리 섭외해 두어야 한다.

장항을 지나 금강하굿둑을 넘어갈 때, 군산항에서 만나기로 한 선장님 댁에서 전화가 왔다. 옆집에 새 찍으러 오는 분들이 있는데, 1시간 앞서 같이 들어올 수 있냐는 것이다. 겨울에 새 사진을 찍으러 유부도에 간다면 백발백중 천연기념물 제326호, 검은머리물떼새를 만나러 가는 것이

---

1 유부도를 유명하게 만든 장면. 겨울을 나는 검은머리물떼새 대집단을 보기 위해 섬을 찾는 사진가들이 많다.

2 개인 배를 빌려 타고 유부도에 도착!

다. 이름처럼 검은 머리에 붉고 긴 부리가 인상적인 이 새는 유부도, 더 나아가 서천을 상징하는 명물이다. 우리나라 서해안 섬들과 여러 해안에 흩어져 봄에 새끼를 낳고 생활하다가 가을이 지나면 유독 유부도에 수천 마리씩 모여서 겨울을 난다. 그 모습이 해안을 새까맣게 뒤덮을 만큼 장관이어서 새에 매료된 사진 동호인들도 꼭 한 번 오고 싶어 하는 출사 명소가 되었다.

군산항 5부두 안쪽에 있는 에스오일 저유소 앞. 고깃배를 타기로 한 곳인데, 바다 쪽엔 담장이 둘러쳐져 있고 해변으로 난 쪽문 하나 없다. 저유소 경비 아저씨께서 친절히도 담을 넘어서 기다리라고 알려 주신다. '헉! 밀항자도 아니고 이게 무슨 일이람.' 곧 동행으로 보이는 세 명이 도착하고, 저 앞에 마주보이는 섬에서 고깃배 한 대가 질주해 왔다.

배를 타고 5분도 안 걸려 섬에 도착. 방파제에 경운기 한 대가 덩그러니 서서 이방인을 맞는다. "내가 그제 이 섬에서 검은머리물떼새 수천 마리를 봤어요. 그래서 오늘 지인들 모시고 다시 온 건데, 관심 있으면 같이 갑시다." 일행 중 한 분이 고마운 제안을 해서 동행하기로 했다. SLR클럽에서 활동하는 취미 사진가들이라고 했다.

살아있어 줘서 고마운 우리 갯벌

경운기가 향한 곳은 금강 하구를 마주본 섬의 동쪽 해변이다. 만조 2시간 전인데 광장 같은 모래 해변이 펼쳐져 있는 것을 보아 물이 다 차도 상당 부분 잠기지 않을 것 같다. 사람들은 해변 중간쯤에서 자리를 잡고 카메라를 설치했다. 꺼내놓는 망원 장비들도 대단하고 그 능숙하고도 엄숙한 솜씨에서 마치 영화 속 '킬러' 포스가 풍긴다. 배율이 높은 망원 렌즈는 트라이포트에 고정해 세우고, 짧은 렌즈를 하나 더 서브 카메라에 끼워 옆에 준비해 놓는다. 새들이 큰 무리로 나타나면 망원 렌즈로는 그 감동을 한 폭에 담을 수 없기 때문이다.

기온은 차도 바람 한 점 없고 하늘도 새파란 겨울 오후였다. "누가 잡았는지 날은 참 잘 잡았다."고 서로 칭찬을 나누며 같은 지점을 바라보고 앉았다. 이제 눈앞에 검은머리물떼새 천여 마리가, 아니 단 백 마리라도 드라마처럼 나타나 주면 되는 것이었다. 하지만 삶이 어디 그런가. 30분, 1시간, 또 1시간… 군산항 너머로 벌써 하늘이 발그레해진다. 망원 렌즈에서 좀처럼 눈을 못 떼던 사람들은 멀리 해안선 밖에서 날아올랐다 앉았다 하는 마도요 무리에 관심을 쏟는다. 결국, 오늘 유부도에서 검은머리물떼새를 단 한 마리도 못 보았다! 이렇게 적고 보니 특별히 운이 나빴다기보다 원래 그런 날이 더 많을 것 같다.

철수할 마음으로 일어서자 100미터쯤 옆 해변에서 병아리처럼 작은 새 몇 마리가 종종거리는 게 눈에 들었다. 하얗게 부서지는 포말을 밟으며

---

1 검은머리물떼새가 나타난다는 동쪽 해변으로 걸어가는 일행

2 새 촬영의 미덕은 기다림이다. 기다림에 지칠 때 하루가 끝난다.

총총 걸음으로 먹이를 찾는 모습이 깜찍하다. 민물도요들 틈에 검은 목도리를 두른 듯한 흰물떼새가 섞여 있다. 지금은 많은 사람들이 검은머리물떼새 대집단을 보기 위해 유부도를 찾지만 이 섬은 원래 1980년대 말 우리나라에서 도요새 연구를 본격적으로 시작한 젊은 학자들이 찾아낸 탐조지였다. 민물도요, 붉은어깨도요, 흑꼬리도요 등 지금 우리가 알아보고 기억하는 도요새들의 이름이며 이동 특성이 그 무렵에 많이 밝혀졌다.

해안선을 따라 종종걸음치며 먹이를 찾는 민물도요맨 오른쪽와 흰물떼새왼쪽에 두 마리

유부도에서 백합이 사라진 이유는?

유부도엔 왜 새가 많을까? 일단, 지리적으로 이곳은 축복받은 섬이다. 금강 하구에서 밀려나온 엄청난 양의 퇴적물이 이 섬 앞에서 갈라져 쌓이며 무척이나 넓고 건강한 갯벌을 펼쳐 놓는다. 물 반 흙 반이라고 다 같은 갯벌은 아닌 법. 뭍으로부터 매일 새로운 유기물이 공급되는 이런 땅이야말로 천혜의 생물자원을 키울 수 있다. 섬 주민들도 새가 많이 찾아오는 이유는 사계절 먹을 것이 풍부한 갯벌 때문이라고 입을 모은다. 그러면서 예전에 비해 요즘은 새도 조개도 눈에 띄게 줄었다며 낙담한다. 새들과 같은 밥상을 누리고 산 섬 토박이들의 진단은 예민하다.

"예전엔 여기 갯벌이 정말 대단했으요. 주먹만한 백합을 쓸어 담기도 힘들었응게. 경운기 끌고 가면 하루 100킬로그램씩 캤당게요. 근데, 이제 맨손업은 끝났다고들 허요. 새만금 저렇게 되고부터 물건갯것들이 다 사라져 부렸응게. 참 희한한 게, 한 4~5년 됐나, 새만금에 마지막 물막이 공사하기 딱 전 해에 백합이 억수로 났어요. 이상하게 두 배는 더 많아졌다 했는데, 지금 생각하니 다 죽으려고 그랬나벼."

배를 빌려 탄 김윤철 선장의 얘기다. 고향인 김제 심포바다가 새만금 매립에 막혀 버리자 10여 년 전에 유부도로 들어왔다는 그는 직장인 딸들을 도시에 내보내고 아내와 늦둥이 초등학생 아들을 키우며 섬에 살고 있다.

밤색줄무늬계란고둥. 수집가들이 좋아할 것 같은 모양이다.

주민들이 경운기를 끌고 들어가 백합을 긁어모으다시피 했다는 그 '전설의 갯벌'은 섬 서쪽에 넓게 펴져 있다. 갯일을 멈춘 겨울엔 간혹 새벽에 해변에 나가 밤새 조류에 쓸려온 키조개, 피뿔고둥, 백합, 피조개 등을 줍는다. 날씨가 너무 추우면 조개나 고둥들이 물로 나왔다가 갯벌로 파고 들지 못하고 해변에 떠밀려온다고 한다.

물기를 촉촉이 머금은 모래갯벌은 도요새들이 무척 좋아하는 먹이창고다. 새 발자국이 어지럽게 찍힌 갯벌 위로 서해비단고둥이 지나간 흔적,

입을 쩍 벌린 채 얼어붙어 있는 조개들, 큼직하고 모양도 좋은 고둥들이
일부러 뿌려놓은 듯 널려 있다. 이 넓은 갯벌에 요즘 가장 많아진 것은
섬사람들이 '노랑조개'라고 부르는 개량조개와 동죽이다. 유부도 주민들
은 그 많던 백합이 사라진 이유가 새만금 매립의 여파로 갯벌 토질이 달
라졌기 때문이라고 본다. 실제로 새만금 물막이 공사 뒤로 갯질도 달라져
경운기를 끌고 들어갈 수도 없게 되었다.

1

1 주워서 모으면 더 다양
하고 모양도 신기한 조개
와 고둥들

2 도요새 발자국이 어지
럽게 찍힌 모래갯벌 위에
섬사람들이 '노랑조개'라
고 부르는 개량조개가 떨
어져 있다.

2

유부도 주민들의 '생계형 바람'

유부도에는 지금 33가구가 살고, 초등학교 분교에 학생 3명이 다닌다. 맨손업이 위기를 맞자 집을 비우고 도시로 일을 찾아 나선 사람들도 있다. 그래서인지, 갈대 습지에 둘러싸인 마을 풍경에 유난히 스산함이 감돈다. 남은 사람들은 고기잡이로 생계를 잇는다. 어장은 아직 좋은 편이다. 여름엔 낚시꾼들이 찾아와 하루에 볼락^{우럭} 100마리도 거뜬히 잡는다. 주민들의 주업은 꽃게와 자하 잡이다. 바닷새우 가운데 가장 작고 연하다는 자하는 젓갈을 담가 내다팔면 벌이가 괜찮다.

아쉬운 것이 있다면 어장까지 가는 뱃길이 영 나쁘다는 것이다. 유부도 동쪽에 7킬로미터 길이로 막아놓은 도류제가 걸림돌이다. 도류제는 군산항에 토사가 흘러드는 것을 방지하기 위한 구조물인데, 하필이면 선착장은 도류제 남쪽에 있고 어장은 북쪽에 있어서 주민들이 어장에 나갈 때마다 긴 도류제를 돌아서 다녀야 한다. 안 그래도 강 하구에서 밀려드는 퇴적물 때문에 만조가 아니면 배를 띄울 수도 없는 형편인데, 허투루 버리는 시간과 기름값을 계산하면 노는 게 남는 격인 날들이 더 많을 정도다.

유부도는 참 묘하다. 섬이라 하기엔 뭍에서 워낙 가까운데 배는 하루에 딱 두 번 만조 때만 뜰 수 있다. 매일 아침저녁으로 거대한 군산항을 코앞에 마주보고 사는데도 섬엔 전기가 없다. 군청에서 놔 준 발전기가 3대 있지만 고장이 잘 나서 주민들 스스로 전기 사용시간을 줄이는 등 룰을

정해 살아간다.

거리로는 한없이 가까운데 생각해 보면 문명의 혜택에서 한없이 멀어져 있는 섬, 눈앞의 오지다. 그래서일까? 자료에 의하면 옛날에 많은 선비들이 이곳에 유배되어 삶을 마쳤다 하며, 임진왜란 때 왜구를 피해 도망친 부자 중에 아버지가 이 섬에 머물러 유부도有父島, 아들은 더 작은 옆 섬에 머물러 유자도有子島라고 불렀다는 설도 있다.

이런 곳이어서 오랫동안 새들이 찾아오고 사랑하는 땅이 되었는지 모르지만 이제는 몇 안 되는 섬 주민들도 조금 더 행복한 환경에서 살 수 있게 되기를 소망하고 있다. "갯벌만 예전 같아도", "어장 가기만 조금 편해져도" 하고 한숨처럼 내쉬는 그들의 바람이, 2012년 서천의 변신과 함께 조금씩 이루어지기를 함께 희망해 본다.

갈대밭 뒤로 지붕만 낮게
드러난 마을 풍경이 어딘
지 스산하면서도 이국적이
다. 33가구가 살고 있다

유부도 찾아가기

유부도는 서천군에 속한 섬이지만 군산에서 더 가깝다. 유부도 주민들이 주로 이용하는 군산 쪽 정박지는 군산외항 5부두 안쪽에 있는 에스오일 저유소 앞이다. 저유소 앞 바다로 난 담장을 넘으면 바로 정면에 보이는 작은 섬이 유부도다. 유부도로 가는 정기선은 없기 때문에 미리 개인 배를 알아보고 가야 한다. 가격은 배 이용과 하루 숙박비를 합쳐 20만 원쯤 예상하면 적당할 듯. 유부도 김윤철 선장 댁은 탐조, 낚시 등 섬 여행에 가이드를 해 주고, 숙소는 10명도 들어갈 만큼 크고 깨끗하며, 특히 안주인의 음식 솜씨가 깔끔해서 좋다.

문의 : 김윤철 선장 댁 (041)952-1655

눈 덮인 갯벌이 색다른 정취를 자아낸다.

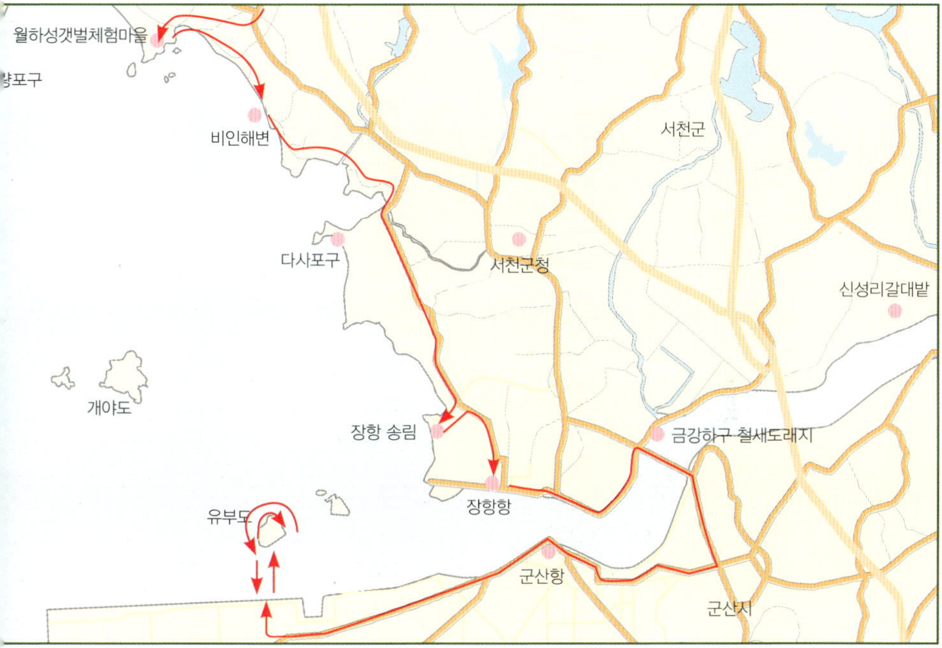

서천갯벌 습지보호지역

위치 : 충남 서천군 장항읍 유부도 일대 및 서천군 서면~종천면 일대

면적 : 15.3㎢ (유부도 3.1㎢, 서면 일대 12.2㎢)

지정일 : 2008년 1월 30일

관리청 : 대산지방해양항만청

살아있어 줘서 고마운 우리 갯벌

고창 해안문화마실길을 걸
으며 만나게 되는 줄포만
갯벌의 풍경

부안·고창

전북 부안군과 고창군은 남북으로 이웃한 고장이지만 이 둘을 한데 엮어 여행하는 일은 드물다. 각각의 고장이 하루 이틀로는 다 둘러보기도 벅찰 만큼 풍부한 역사·문화적 유산을 품고 있기 때문이다. 부안 하면 변산반도국립공원에 구석구석 박혀 있는 명소와 지명들만 헤아려도 마음이 벅차고, 고창 하면 선운사와 고인돌마을, 그리고 김소희, 서정주 등의 예술혼이 스민 마을과 풍경들이 줄지어 떠오른다. 이렇게 볼 것이 많아서인지 두 고장을 여행할 때 흔한 '갯벌'을 생각하는 사람은 드물다.

하지만 이 둘이 마주본 채 품고 있는 갯벌이야말로 세계 5대 갯벌에 속하는 우리나라 서해안의 특징을 가장 명확하게 압축해서 보여주는 자연유산이다. 이런 바다를 따라 걷는 여행은 두 고장을 다만 하나의 길로 연결해 이전과는 다른 풍경과 감동, 가치 읽기의 경험을 선사할 것이다.

새만금 이후 전북 갯벌을 대표하는 곰소만

우리나라 서해안의 중요한 특징 중 하나는 해안선이 복잡하고 곶과 만이 많은 리아스식 해안이라는 점이다. 조수간만의 차가 큰 서해에서 내륙으로 깊이 파고든 만은 어마어마하게 너른 갯벌을 만들어낸다. 부안과 고창이 함께 품고 있는 곰소만은 그 대표적인 예다. 두 고장이 마주 본 폭은 7~9킬로미터, 바다에서 내륙으로 파고든 깊이는 약 20킬로미터에 이른다. 새만금갯벌이 사라진 지금, 전북 지역에서 유일하게 남은 희망이며 마지막 지켜야 할 자존심이다.

바다와 갯벌에도 경계가 있어서 곰소만 중 일부가 각각 부안줄포갯벌 4.9㎢과 고창갯벌 10.4㎢이라는 이름으로 2006년과 2007년에 습지보호지역으로 지정되었다. 하지만 고창갯벌 습지보호지역 중에서 심원면 일대에 동떨어져 있는 반쪽을 빼면 사실상 부안줄포갯벌 습지보호지역과 한 덩어리로 연결되어 있어서 지역별로 구분하는 것은 의미가 없다. 오히려 갯벌 특성을 감안하면 부안·고창을 연결한 줄포만갯벌, 그리고 고창의 심원갯벌을 분리해서 설명하는 것이 낫다.

뉴스나 자료에서 '고창·부안갯벌'이라고 부르는 경우도 있다. 하지만 이는 2010년 2월 우리나라에서 14번째로 등록된 람사르습지를 가리키는 명칭이다. 고창·부안 람사르습지 40.6㎢는 기존의 습지보호지역 외에도 고창 지역 갯벌을 상당히 넓게 포함해 우리나라 람사르습지 중에 규모가 가

장 크다. 새만금 간척 이후 이 지역의 보전 가치가 더욱 높아졌다는 반증
이다.

헷갈리는 용어 하나만 더 정리하자. 막 이런 의문을 품은 독자가 있을
지 모르겠다. '곰소만은 뭐고 줄포만은 뭐지?' 하고. 줄포만은 너른 곰소
만에서도 내륙 안쪽으로 가장 깊숙이 파고든 내만을 가리킨다. 부안에서
보면 만의 정점인 줄포에서 곰소까지, 직선거리로 약 9킬로미터에 이른
다. 고창에서는 줄포와 맞닿은 후포에서 인천강 하구까지로 보면 적당할
듯하다.

칠면초 군락이 넓게 펼쳐지는 줄포만갯벌

줄포만 여행은 줄포에서 시작하면 좋다. 외변산을 따라 내려온다면 모
항, 곰소를 거쳐 줄포에 닿는다. 지금은 부안 여행을 할 때 누구도 줄포
를 찾지 않지만 과거엔 목포나 군산보다 일찍 개항한 항구가 있었고 부
안, 고창, 정읍 등으로 가는 육로 교통에도 요충지 역할을 해서 줄포를
거치지 않고 전북 지역을 오가기 힘들 정도였다. 그러나 1930년 무렵부
터 늘어나는 토사로 인해 배들이 드나들기 어렵게 되자 줄포항을 폐쇄하
고 원래 섬이었던 곰소에 제방을 쌓아 신항구를 만들었다. 그러면서 마을
도 점점 잊혀갔다. 줄포만과 곰소만이라는 이름에는 이렇듯 마을과 갯벌

전북 부안군과 고창군 사이에 약
20킬로미터 길이로 깊이 파고든
곰소만은 썰물 때 무척 너른 갯벌
을 만들어낸다. 사진은 줄포 저류
지 앞에서 바라본 풍경.

의 역사가 함께 담겼다.

곰소항을 지나면서부터 줄포만이 시작되지만 이쯤부터 도로가 마을 깊숙이 파고들어 바다를 접하기 어려워진다. 줄포만의 가장 깊숙한 골을 감싸 돌도록 길은 내내 이런 분위기다. 갯벌은 모두 마을 뒤로 숨었다. 줄포에서 갯벌을 보려거든 시가지를 벗어나 줄포자연생태공원 이정표를 따라간다. 논밭 길을 구불구불 넘어가면 어느 순간 눈앞에 수평선처럼 갯벌이 펼쳐진다. 가을이면 그 붉은 물결에 넋을 놓을 것이다. 토사가 쌓이고 쌓여 토실토실 살이 오른 갯벌에 칠면초 군락이 붉은 융단처럼 끝도 없이 이어져 있다.

갯벌을 따라 난 관찰 데크에는 부안줄포갯벌 습지보호지역 안내문이 붙어 있고 '변산 마실길' 이정표도 있다. 등 뒤로는 줄포자연생태공원이 약 650제곱미터 공간에 넓게 자리 잡고 있다. 줄포 시내로 바닷물이 침수되는 것을 막기 위해 둑을 쌓아 가둔 저류지를 친환경적 생태공간으로 다시 꾸민 것인데, 완공 당시 드라마 '프라하의 연인' 촬영지로 유명세를 탔다. 겨울엔 저류지 갈대숲에서 추위를 견디는 철새들을 만날 수 있다. 한편 마실길 이정표를 쫓아 고창군과의 경계까지 가면 '고창 해안문화마실길'이 바통을 이어받는다.

토실토실 살이 오른 줄포
갯벌

살아있어 줘서 고마운 우리 갯벌

한겨울에 줄포 저류지는
철새들의 보금자리가 되
어준다.

매년 황새 가족이 찾아오는 고창

고창 후포마을에서 시작해 미당시문학관이 있는 안현마을까지 17킬로미터 길이로 이어지는 해안문화마실길은 줄포만갯벌을 바라보는 또 다른 시선을 제공한다. 이 길은 내내 광대한 갯벌을 옆에 끼고 달린다. 길가엔 갈대와 천일사초 군락이 성성하고, 왼쪽으로는 마을과 논밭, 크고 작은 저수지들도 지나간다.

　수심이 얕고 조차가 큰 천혜의 입지조건을 지닌 줄포만갯벌은 조선시대 최고의 어살 어업지였다. 찰지고 골 깊은 물길에 그물만 대충 쳐 두면 황금조기나 삼치, 청어 등이 주렁주렁 걸려들었다고 한다. 그 시절엔 조기의 3대 어장 가운데 하나인 칠산어장도 이 줄포만에 있었다. 지금은 깊게 골이 진 갯벌에 건강망이 간간히 눈에 띄는 정도다. 토사가 많이 쌓여 물고기들의 오르내림이 예전 같지 않은 데다 요즘은 해파리 떼가 이곳까지 떠밀려와 그물이 다 망가져 버린다고 한다. 갯벌엔 칠게 잡이를 위해 주민들이 설치한 바구니 함정도 눈에 띈다. 칠게들이 갯벌 표면으로 올라와 먹이활동을 하다가 바구니에 퐁당 빠지면 그것을 잡아 낙지 미끼용으로 내다판다.

　신촌마을에서 반월마을까지 구간에는 유난히 저수지가 많다. 논물을 대기 위해 일부러 가둔 물이거나 양식장으로 쓰는 용도 같은데, 겨울에는 많은 물새들이 이런 곳에 모여 추위를 피한다. 물웅덩이에 동동 떠 있는

칠면초가 자라는 갯벌에 중대백로가 무리 지어 있다.

것은 오리와 갈매기들, 그에 비해 덩치도 큰 왜가리들은 추위를 더 타는
지 저수지 벽면에 몸을 바짝 붙이고 웅크려 있다. 그 꼴이 마치 논두렁에
바위를 콕콕 박아놓은 것 같이 능청스럽다. 이런 우스운 장면을 구경하며
저수지 옆을 지날 때 건너편 저수지에서 새들이 푸드덕 날아올랐다. 청둥
오리들 사이에 백로 몇 마리가 섞여 있나 싶었는데, 귀티 나는 날갯짓이
남다르다. 자세히 보니 이제 우리나라에서 찾아보기도 힘들어진 황새 가
족이다.

　황새는 '뱁새가 황새 따라가면 다리 찢어진다.'는 속담이 있을 정도로 우리 민족의 삶에 친숙한 새였지만 2차대전 이후 사냥과 마을 주변의 습지 파괴 등으로 급격히 줄어들어 지금은 천연기념물 제199호로 지정, 보호하고 복원에도 힘쓰고 있다. 아는 새 연구자에게 물어보니 몇 해 전부터 고창 해안마을에 3~5마리가 꾸준히 찾아오고 있다고 한다.

요즘 고창엔 해마다 천연기념물 황새 가족이 찾아온다. 황새들은 줄포만갯벌과 마을 저수지를 오가며 지낸다.

풍천장어를 키운 것도 갯벌의 힘

안현마을에서 강 하나를 건너면 심원면이다. 보통 여행자들은 다리를 건너 별 고민 없이 선운사로 직행하는데, 이 지역 갯벌의 하이라이트를 보고자 한다면 오른쪽 해안 길을 따라가 보자. 다리 아래 거대한 갯골처럼 펼쳐져 있는 인천강은 그 유명한 '풍천장어'의 고향이다.

풍천風川은 지명이 아니라 바다와 강이 만나는 곳을 이른다. 뱀장어는 바다에서 태어나 민물에서 자라고 다시 바다로 나가 알을 낳는 회유성 물고기다. 바다에서 태어난 뱀장어는 실뱀장어 상태로 강을 거슬러 올라와 5~10년간 성장한 뒤 산란기가 되면 다시 바다로 가는데, 이때 강 하구에서 잡힌 뱀장어를 풍천장어라 불렀다. 특히 고창 인천강은 바다로 이어진 갯벌 구간이 10킬로미터 이상 되어 뱀장어들의 서식과 이동 통로로 매우 적합한 환경이었다. 그러나 지금은 뱀장어들도 예전처럼 찾아오지 않아 대부분 수입산 치어실뱀장어를 사서 양식장에 풀어서 키운다. 수입한 실뱀장어라 해도 우리나라 양식장에서 6개월 이상 키우면 국산이 된다. 원조 풍천장어가 사라져 가는 고창에서는 요즘 자연 상태에 가깝게 바닷물과 갯벌에 가둬 키우는 갯벌장어 양식법이 각광을 받고 있다.

"이젠 장어 양식도 쉽지 않아요. 수입산이라 해도 치어 한 놈에 2, 3천 원씩 해요. 치어 사고 장비 설치에 관리 비용까지 하면 그 반에 반절도 안 남습니다. 집안일이니까 하지 사람 쓰면 어림도 없죠. 그에 비하면 갯

벌은 정말 고마워요. 여기도 그렇지만 신원면은 정말 복 받은 동네예요. 조개도 무척 많아서 값싼 동죽부터 바지락, 가무락조개, 그리고 생합, 피 조개까지 엄청나게 잡힙니다."

반월마을에서 장어 양식을 하는 어르신께 고창 이야기를 들었다. 풍천 장어의 맥을 잇기 위해 자연 상태에 가까운 양식법을 꾸준히 연구해 왔다 는 그는 평생 먹을 것을 내어준 갯벌에 무한한 고마움을 표했다.

풍천장어가 오르내리던
고창 인천강

국내 최대 바지락 생산지, 하전마을

이제 고창 사람들도 '축복 받은 갯벌'이라고 부러워 마지않는 그곳, 심원면으로 간다. 심원면에는 우리나라 최대 바지락 생산지로 유명한 하전마을과 갯벌체험장이 있는 만돌마을이 있다. 심원면의 갯벌들은 곰소만에서도 가장 기름지고 생산성이 높다고 소문나 있다. 줄포만 쪽에 비해 모래 함량이 훨씬 높은 혼합갯벌인 데다 뭍에서 영양가 높은 유기물이 끊임없이 공급되어 조개들이 살기에 아주 적합하다. 멀리 부안의 산 능선을 마주보고 약 10킬로미터에 달하는 해안선이 시원스레 펼쳐지는 전경도 장관인데, 간조 때는 마치 부안까지 걸어서도 건너갈 수 있을 것만 같다.

하전마을에서 연간 채취하는 바지락 양은 4천 톤 규모. 마을 어촌계가 힘을 모아 바지락 공장을 운영하며 매일 수확한 양을 깨끗이 씻어 전국 각지로 보낸다. 흰 눈이 흩날리는 겨울에도 갯벌은 트랙터며 경운기가 굴러다닌 바퀴 자국들로 어지럽다. 5월부터 10월까지가 본격적인 바지락 철이지만 가을에 종패를 남겨두었다가 겨울에 캐는 주민들도 있기 때문이다.

여름에는 하전마을이나 만돌마을로 갯벌체험을 오는 아이들도 많다. 아이들은 예쁘게 꾸민 경운기 택시를 타고 먼 바다로 바지락을 캐러 나간다. 갯벌 가장자리에는 아이들이 갯벌축구를 할 수 있게 골대도 세워져

어촌계가 운영하는 공장에
서 세척을 마친 바지락들

있다. 자칫 귀찮을 법한 체험 프로그램들을 어촌계에서 직접 주관해 운영
하고 있기 때문에 갯벌이 훼손되는 것도 적극적으로 예방할 수 있다. 갯
벌을 잘 이용하고 지킬 줄도 아는 사람들이 살고 있어서 더욱 멋있어 보
이는 고창은 '해양보호구역'의 참 가치를 일깨워 주는 열린 교육 현장이
기도 하다. 🐚

만돌마을에서 바라다본 갯
벌 풍경. 앞에 천일사초가
무성하다.

고창 하전마을과 만돌마
을은 여름에 갯벌체험으
로 유명하다.

부안·고창 갯벌 찾아가기

부안 줄포로 곧장 가려면 서해안고속도로를 타고 줄포나들목으로 빠진다. '줄포자연생태공원' 이정표를 따라 논밭 길을 조금 지나면 부안줄포만갯벌 안내문이 붙은 갯벌이 펼쳐진다. 여기서 나와 부안~고창을 잇는 지방도로를 달려 고창 흥덕면으로 넘어간다. 흥덕마을부터는 고창해안문화마실길 이정표를 보고 바다 쪽으로 난 해안 뚝방길을 찾아 따라야 한다. 찻길은 신기마을을 지나며 734번 국도와 이어지는데, 선운사 방향으로 달려 인천강을 건넌 후 오른쪽, 신원 하전마을 방향을 따른다.

문의 : 부안 줄포만자연생태공원 (063)580-4734, 고창 하전정보화마을 (063)564-8831 고창 만돌갯벌체험마을 (063)561-0705

부안 줄포만갯벌 습지보호지역

위치 : 전북 부안군 줄포면, 보안면 일대

면적 : 4.9㎢

지정일 : 2006년 12월 15일

고창갯벌 습지보호지역

위치 및 면적 : I지구 – 전북 고창군 부안면 상포 일대(6.5㎢)

　　　　　　　 II지구 – 전북 고창군 심원면 만돌, 두어, 월산 일대(5.3㎢)

지정일 : 2007년 12월 31일

관리청 : 군산지방해양항만청

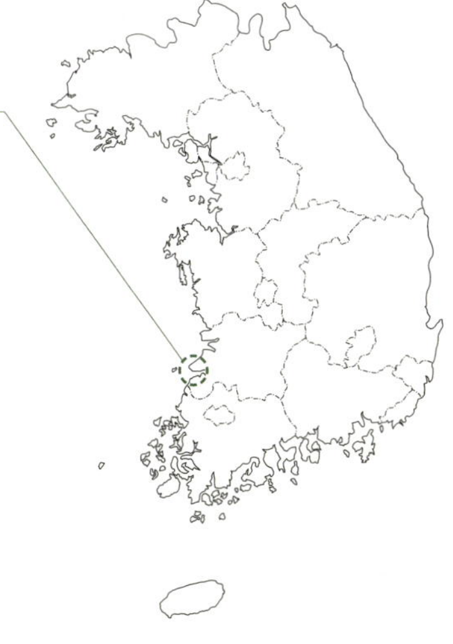

살아있어 줘서 고마운 우리 갯벌

오류리 갯벌. 좁지만 생계
형 갯벌로 주민들에게 사
랑받고 있다.

진도

국토 서남단 꼭짓점에 깨알 같은 군도를 거느리고 있는 진도는 시대와 사회가 요구하는 변화에서 가장 자유로울 것 같은 곳이다. 길이 좋아졌다지만 아직도 남도 땅을 여러 곳 밟고 지나야 닿을 수 있을 만큼 도시에서 멀찍이 떨어져 있고, 빼어난 자연경관과 함께 지방색이 뚜렷한 남도문화의 산실, 진돗개의 고장으로 전통적 가치를 이어가고 있다. 그러나 진도대교를 건너 나오는 관광안내소에서 진도군 관광지도를 받아 펼쳐보면 섬 구석구석에 아로새겨진 간척의 역사에 깜짝 놀라고 만다.

진도는 과거에 몇 조각의 땅덩어리가 겨우 붙어서 한 몸을 이루고 있던, 꽤나 복잡다단하게 생긴 섬이었나 보다. 해안에 무슨 방조제가 그리 많은지, 빗금을 친 간척지 표시가 섬 중심부까지 다양한 경로로 파고들어 있다. '간척=근대화의 상징'이라고 생각하는 우리에게 진도의 과거(?)는 새삼 충격으로 다가온다. 허나, 알고 보면 우리 간척사에서 가장 극심한 변화를 겪은 곳은 이런 섬 지방들, 특히 옛 선비들이 유배지로나 찾던 멀고 소외된 땅이었다.

섬 둘레를 빙 둘러서 막은 간척 역사

우리나라에서 간척이 처음 이루어진 때는 정확히 알 수 없다. 삼국시대부터 농지와 수리시설을 만들기 위해 소규모 간척을 했다고 하며, 고려 의종 때^{1159년} 영광에 방조제를 쌓은 것이 최초 기록이다. 고려 고종 때는 몽고 침입에 대비해 강화도를 요새화하면서 본래 3개로 나뉘었던 강화도 땅이 하나로 될 정도로 간척을 했다. 조선시대에도 해남, 진도, 완도 등에 상당한 면적이 간척되었을 것으로 추정한다. 이후 대규모 간척은 일제 강점기에 군량미 확보를 위해서, 그리고 한국전쟁을 거친 대한민국에 근대화 바람을 타고서 열풍처럼 번져 나갔다.

1 해남에서 진도로 넘어가는 진도대교. 그 아래가 울돌목이다.

2 갯벌과 바꾼 농경지. 풍요로운 들녘에서 남도소리도 명맥을 이어왔다.

해안선이 복잡한 바닷가 마을에서 소규모 간척은 쉽게 이루어졌다. 바 닷물을 끌어안은 마을과 마을 사이에 둑 하나만 가로 지으면 쉽게 농지를 얻을 수 있었다. 진도처럼 구석구석 갯길로 가로막힌 섬에서는 걸어서 읍 에 가고 싶다는 바람만으로도 주민들이 합심해 둑을 쌓았다. 그렇게 생겨 난 소형 방조제가 섬 둘레로 아주 많다. 실제로 바닷가 도로를 따라 진도 를 한 바퀴 돌라치면 자연스러운 해안선을 찾아보기 힘들 정도다.

간척은 섬사람들의 생활을 크게 바꾸어 놓았다. 안마을 깊숙이 물고기 가 드나들던 갯강과 갯벌은 사라지고, 너른 농경지와 호수가 생겼다. 조

류가 바뀌어 물고기도 더 멀리까지 나가야 잡을 수 있게 되었다. 마을 곳곳에서 어촌이 농촌으로 바뀌는 큰 변화가 일었다. 풍요로운 들녘에서 저절로 흥이 난 주민들의 입에서 입으로 남도들노래 같은 전통 소리도 잊히지 않고 이어졌으니, 변화가 꼭 나빴다고는 말할 수 없다.

울돌목, 사라진 갯벌을 되살리다

2002년 12월, 갯벌이 사라진 진도에서 습지보호지역 제2호가 탄생했다. 위치는 진도대교를 넘어 남쪽 울돌목 해안도로를 따라 이어지는 둔전리~벽파리 일대다. 울돌목은 정유재란 때 이순신 장군이 12척의 배로 330여 척의 왜선을 무찔러 명량대첩을 승리로 이끌었던 역사의 현장이다. 폭은 290미터 정도지만 유속이 최대 11노트에 달하는 곳으로, 우리나라 최초의 조류발전소가 들어서 있다.

충무공도 알아봤던 그 조류 덕분이었을까, 울돌목을 지나 내륙으로 제법 넓게 파고든 둔전리 일대에 과거 방조제를 쌓아올리며 사라졌던 갯벌이 되살아났다. 갯벌이 살아나자 칠게, 낙지, 짱뚱어, 가무락조개 같은 갯생물들도 다시 돌아왔다. 갯벌 면적은 예전보다 좁지만 2차 생성된 천연 갯벌인 데다 생물다양성이 뛰어나고 철새 도래지로도 가치가 더 이상 훼손 없이 보호하기 위해 부랴부랴 습지보호지역으로 묶었다. 2002년 12월의 일이다. 마을 주민들도 이제는 생계형 갯벌로 이곳을 반겨 이용

---

1 둔전리 방조제. 방조제 앞으로 2차 생성된 갯벌을 습지보호지역으로 지정했다.

2 만조 시 바다 위로 보이는 갯벌 관찰로

1

2

하고 있다.

　진도군은 최근 둔전방조제 앞에 진도갯벌 습지보호구역임을 알리는 안내판을 대문짝만하게 내걸고, 갯벌 위로 걸어갈 수 있는 관찰로와 앞바다까지 굽어볼 있는 쉼터, 갯벌체험장 등을 두루 갖춰 되살아난 진도갯벌의 가치를 알리는 데 앞장서고 있다. 안내판에는 방조제 앞 갯벌과 저수지에 중대백로, 민물가마우지, 쇠오리, 중부리도요, 알락꼬리마도요 등 다양한 물새가 찾아온다고 적혀 있다.

해안도로를 달리며 이만한 갯벌도 보기 어렵다. 사진은 지막리 해변

진도는 그 위치로 볼 때 다양한 철새를 만나기에 좋은 섬이다. 철새는 인적이 드문 해안가, 방조제로 가로막힌 호수 어디에나 머문다. 둔전방조제를 지나 우리나라에서 가장 길고 아름다운 바닷길이 열린다는 회동리 방향으로 달리다 보면 해안도로 옆으로 짧게나마 제법 자연스러운 갯벌이 드러나는 곳이 있다. 고군면 지막리 해변이다. 모래와 자갈이 많이 섞인 혼합갯벌인데, 찻길 옆이고 멈추는 차가 거의 없어서인지 만조 무렵에 다양한 철새를 볼 수 있다. 특히 도요새들이 먹이를 찾기에 좋은 환경이다.

지막리 해변에 모여 있는 철새들. 혹부리오리, 천둥오리, 마도요 등이 보인다.

둔전리에서 금골산 너머 서쪽 바다를 면하고 있는 군내면 덕병리에는 천연기념물 제101호로 지정된 고니 도래지가 있다. 정식 명칭은 '진도 고니류 도래지'. 진도에서 가장 긴 방조제로 가로막힌 군내호와 간척지에 매년 12월에서 2월 사이에 고니, 두루미, 가창오리 같은 대표적인 겨울 철새들이 찾아와 겨울을 난다. 하지만 그 면적이 여의도만 해서 아주 큰 무리를 이루지 않고서는 알아채기가 어렵다. 군내호가 시작되는 방조제 위에 서면 바다와 호수 사이에 놓인 길이 흡사 새만금방조제를 떠올린다. 천연기념물 지정연도는 1962년인데 방조제는 언제 쌓은 걸까?

뜨거운 감자 된 갯벌 살리기

오늘날 진도에서 갯벌은 '뜨거운 감자'다. 진도군은 지난 2009년, 방조제를 허물어 갯벌을 복원하는 역간척 사업을 추진하려다 실패한 경험이 있다. 대상지는 진도읍 서쪽 소포리와 산월리를 잇는 소포방조제. 방조제를 짓고 30년이나 지났지만 아직도 미완성인 채로 보수유지비가 많이 드는데다 간척지에서 거둬들이는 쌀 수확량 등 바다를 막아서 생긴 경제적 효과가 턱없이 작다는 것이 그 이유다. 방조제로 물길이 막히자 이리로 빠져나가던 석교천에도 영향을 미쳐 썰물 때 12킬로미터나 들어간 임회면까지 넓게 드러나던 갯벌이 사라지고, 강이 고여 담수화되면서 수질이 나빠지고 악취가 나는 등 환경 문제로 번졌다.

세계적으로 간척 역사에서 성공 사례는 그리 많지 않다. 지형적으로 간척에 적합한 곳이 많지 않고, 그냥 버려진 땅을 개간하는 것과 달리 거기에 들이는 비용과 나중에 돌아올 수익을 계산하면 경제적이지 않기 때문이다. 거저 얻어만 먹었지 제대로 셈해 본 적이 없는 갯벌과 바다의 가치는 다 잃고 난 다음에야 새롭게 조명되고 있다.

이런저런 이유로 우리나라에서 처음 역간척 사업이 추진되었지만 지역 주민들의 반대로 무산되고 말았다. 주민들 중에는 30여 년 전 방조제 공사 때 배고픔을 해결하고자 직접 지게에 리어카에 돌짐을 지고 날라 둑을 쌓았던 이들이 있다. 이들에게 둑을 허무는 일은 살아온 가치를 뒤엎는

진도에서 가장 긴 군내방조제. 왼쪽은 바다, 오른쪽은 천연기념물로 지정된 고니 도래지다.

살아있어 줘서 고마운 우리 갯벌

듯 여겨지기도 할 것이다. 또한 농지가 사라진 뒤의 생계보상 같은 현실적 문제도 걸림돌이다.

　이러한 간척 후유증은 진도만의 고민이 아니다. 무절제한 간척으로 갯벌만 망치고 농지로도 쓸모 없어진 땅이 우리나라 서남해안에 이밖에도 많다. 우스갯소리로 몇 십년간 간척사업으로 떼돈을 번 건설 회사들이 앞으로는 '생태 복원'을 위한 역간척 사업으로 수십 년은 더 버틸 것이라는 농담도 한다. 우리보다 앞서 '소 잃고 외양간 고친' 나라들의 사례에서 나오는 얘기이니 두고 볼 일이다.

진도대교 앞에서 물길을
내려다보고 있는 이순신
장군. 진도갯벌의 미래도
알고 계실까?

국토 서남단 꼭짓점에 자리 잡은 진도는 낙조가 아름답기로 유명하다. 사진은 세방낙조전망대에서 바라본 모습

진도갯벌 찾아가기

수도권에서 갈 경우 서해안고속도로를 타고 종점인 목포까지 간다. 이후 영암·진도 표지판을 쫓아 대불산업단지를 지나면 길은 진도대교까지 어려울 것 없이 이어진다. 진도대교를 건너자마자 녹진관광단지 방면으로 좌회전, 진도각휴게소에서 오른쪽 길로 직진하면 울돌목해안도로를 따라 진도갯벌 습지보호지역을 바로 만날 수 있다. 조류발전소 앞을 지나며 해남과의 사이에 떠 있는 녹도, 굴섬, 넙섬 등을 조망하며 달리면 길은 어느새 둔전방조제 앞에 닿는다. 해안로는 오류리까지 이어진다. 계속 남쪽으로 달리면 신비의 바닷길이 생긴다는 모도 앞까지 가게 된다. 진도에서 가장 긴 군내방조제는 진도대교를 건너 오른쪽 녹진리 방향에 있다.

진도갯벌 습지보호지역

위치 : 전남 진도군 군내면, 고군면 일대

면적 : 1.44㎢

지정일 : 2002년 12월 28일

관리청 : 목포지방해양항만청

살아있어 줘서 고마운 우리 갯벌

무안 · 증도 · 순천만 · 보성 벌교

감동과 이야기가 있는
체험여행지

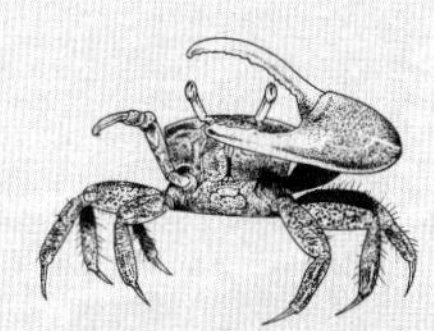

황토가 스며들어 붉은빛을
띠는 것이 무안갯벌의 큰
특징이다.

무안

지도에서 전라남도 무안군만 떼어서 보면 지형이 좀 우습게 생겼다. 함평군 아래 목포시 위에 얌전히 놓임직한 땅이 괜스레 북서 바다로 숨통을 터 사슴뿔 같은 지형을 마구 내뻗은 형국이다. 내륙에서 바다로 길게 뻗어 나간 이 부분, 수심이 조금만 높았더라면 차라리 섬이 되었을 땅을 해제반도라고 부른다. 내륙과의 연결 폭은 겨우 400미터. 이 길목, 현경면 송정리를 지날 때 바다가 좌우로 따라 달린다.

해제반도는 전체가 복잡한 리아스식 해안으로 비죽비죽 이어져 있다. 그래서 좌우 어느 길로나 헤집고 들어가도 바다에 닿고, 썰물 때는 반도 전체가 갯벌에 둘러싸인다. 나직나직한 황토 구릉이 이어지다가 어느 끝에서라도 붉은 갯벌을 마주하게 되는 해제반도는 풍경만 보고 다니기에도 꽤 근사한 여행지다. 남도 흙이 붉다 하지만 이처럼 붉은 곳이 또 어디 있을까 싶게 들도 산도 갯벌도 온통 황토 빛으로 넘실댄다. 그 속에 우리나라 습지보호지역 제1호로 지정된 보석 같은 갯벌, 무안갯벌이 있다.

우리나라 첫 습지보호지역

무안군은 전체 면적의 절반 정도를 갯벌이 차지하고 있다. 썰물 때 드러나는 갯벌 면적만 204.7제곱킬로미터에 이르며, 이는 우리나라 갯벌 면적의 8.6퍼센트에 해당한다.

갯벌은 크게 세 구역으로 나눈다. 해제반도에서 동북쪽으로 함평~영광과 마주하고 있는 함해만^{함평만}, 해제반도 서쪽에서 신안군과 함께 감싸고 있는 탄도만, 그리고 목포시와의 사이에 길게 걸쳐진 청계만이 그것이다. 그 중 무안군에 속한 모든 갯벌을 무안갯벌이라 부를 법하지만 그렇지는 않다. 2001년, 우리나라에서 최초로 습지보호지역으로 지정, 보호하고 있는 무안갯벌은 함해만에서 무안 쪽으로 드러난 갯벌만을 가리킨다.

영광 칠산바다 아래로 깊숙이 파고든 함해만은 썰물 때 거의 전체가 갯벌이 되다시피 한다. 이 갯벌은 한때 통째로 매립될 위기에 처했다. 정부가 추진하던 영산강 4단계 사업에 포함되어 있었기 때문이다. 그러나 무안 주민들이 끝까지 반대해 갯벌을 지켜냈다. 주민들은 세발낙지의 본산지였던 영암 갯벌이 영산강 개발로 초토화되는 것을 가까이서 지켜본 데다 당시 시화호와 새만금을 둘러싼 국가적 갈등도 영향을 미쳤다. 하지

1 습지보호지역 제1호, 무안갯벌 안내판

2 무안갯벌은 복잡한 해안선을 따라 다양한 모습을 보여준다.

2

만 이 만을 품은 3개 군^{무안, 함평, 영광} 중에서 보전을 택한 것은 무안군뿐이어서 같은 바다에서도 무안 쪽만 습지보호지역으로 지정되었다. 전라남도는 2008년에 이 무안갯벌을 증도갯벌과 함께 우리나라 최초의 '갯벌도립공원'으로 지정했고, 같은 해 람사르습지에 등록되었다. 하지만 무안갯벌 반대편 함평, 영광 쪽은 여전히 제방을 쌓고 항만시설을 끌어들이는 등 부분 개발을 진행 중이다.

산과 바다를 더 기름지게 만든 무안 황토

무안갯벌을 더욱 특별하게 만들어 주는 것은 황토다. 복잡한 해안선을 중심으로 전체 면적의 70퍼센트 이상이 황토로 덮여 있는 무안군을 예부터 '황토골'이라 불렀다. 특히 해제반도에 속한 해제면, 현경면은 온 누리가 빈 틈 없이 붉기로 유명하고, 여름에는 이 황토가 빗물에 씻겨나가 갯벌은 물론이고 바다까지 붉게 물들일 정도다. 황토는 칼륨, 철, 마그네슘 등 우리 몸에 좋은 광물질을 많이 품고 있는데, 무안 황토는 특히 '먹는 산소'라고 부르는 게르마늄 성분이 많다. 이런 황토밭에서 봄이면 양파, 여름이면 수박, 가을에 고구마, 겨울엔 마늘, 배추까지 키워 전국에 내다 판다. 황토 땅에서 해풍을 맞으며 자란 이들 무안 농산물은 무기질 함량이 매우 높은데다 맛도 더 연하고 달기로 유명하다. 특히 무안양파는 우리나라 양파 생산량의 18퍼센트를 차지할 만큼 인기가 높다.

황토밭에서 해풍을 맞으며 자라는 무안양파는 전국 생산량의 18퍼센트를 차지한다.

사람 몸에 유익한 황토는 갯벌생물들도 더욱 건강하게 길러낼 것이 분명하다. 오늘날 무안을 대표하는 갯벌생물은 단연 세발낙지다. 다리가 가늘어 '세발'이라 부르는 이 낙지는 한때 영암 독천리가 주 산지였지만 영산강 개발로 그쪽 낙지밭이 모두 농지로 변한 뒤에는 무안에서 거의 전량을 공급하고 있다. 영암 독천리 낙지골목에 가서 먹어도 이제는 무안에서 난 무안세발낙지라는 말이다. 낙지는 청계만, 함해만, 탄도만 갯벌에 고루 퍼져 사는데, 주민들은 낙지 구멍을 직접 파서 잡기도 하지만 주로 물 빠진 밤에 배를 타고 나가 칠게를 미끼로 매단 주낙으로 유인해서 잡는다. 세발낙지는 무더운 여름을 지나 가을에 먹으면 더 좋은 보양식으로 알려져 있다.

갯벌의 다양한 표정 보여주는 월두마을

주민들이 나서서 보호하는 무안갯벌은 아무데고 쑤시고 다니지 말고 체험시설을 갖춘 곳에 찾아가면 좋다. 현경면 용정리에 있는 월두마을은 그 중 하나다. 사방이 바다로 둘러싸인 땅 끝에 100여 가구가 옹기종기 살아가는 갯마을이다. 바다를 향해 길게 뻗은 길 끝은 썰물 때 작은 섬, 도당도에 닿는데, 길 좌우로 드러난 해변이 어느 쪽에서 봐도 반달 같이 생겼다고 해서 월두마을이라는 이름이 붙었다. 즉, 우리말로 '달머리'라는 뜻이다.

무안갯벌을 대표하는 명물,
세발낙지

월두마을은 갯벌이 지닐 수 있는 다양한 표정을 한데 품고 있다. 선착장이 있는 왼쪽 해변은 모래와 자갈, 황토가 오묘하게 섞인 혼합갯벌이다. 거친 갯벌을 긁으면 바지락이 많이 나온다. 낙지 구멍을 찾을 줄 알면 맨손잡이도 도전해 볼 만한데, 그보다는 밤에 물이 찼을 때 갯벌 밖으로 나와 떠다니는 녀석들을 잡는 체험이 인기다. 5~10월에 월두마을 어촌계에 갯벌체험을 신청하면 때에 따라 가능한 체험 내용을 알려준다.

오른쪽 해변도 펄질은 비슷한데 갯벌이 훨씬 넓게 드러난다. 왼쪽 해안에 비해 조류의 영향을 덜 받기 때문인지 갯벌 표면에 해조류가 제법 많이 산다. 가시파래, 창자파래 등 파래류가 많이 나타날 때는 뜻밖에 '초록

갯벌'을 마주할 수도 있다. 해조류는 추운 겨울에 특히 잘 자라며, 월두 마을은 감태가시파래 생산지로 유명하다. 갯벌에 드러난 파래 밭 위로는 이를 먹고 사는 댕가리, 갯비틀이고둥 같은 갯고둥들도 쏟아놓은 듯 잔뜩 널려 있다.

　도당도 가는 길엔 너른 갯바위 지대가 있다. 굴 껍데기와 지중해담치 등이 다닥다닥 붙은 바위 틈틈이 총알고둥이나 따개비들이 많다. 물이 고인 조수웅덩이엔 붉은 줄무늬가 있는 담황줄말미잘이 있고, 망둑어 새끼들도 헤엄쳐 다닌다.

1

1 모래와 자갈, 황토가 뒤섞인 월두마을 갯벌

2 파래류가 뒤덮고 있는 초록 갯벌

3 도당도 앞에 갯바위 지대가 넓게 펼쳐져 있다.

갯벌센터가 있는 용산마을

무안생태갯벌센터가 있는 해제면 유월리 용산마을 앞 갯벌도 관찰체험을 하기에 적당하다. 갯벌센터에서 전시관을 먼저 둘러보고 관찰하면 갯벌 생물들의 생태를 이해하는 데 도움이 되고, 무엇보다 갯벌 깊숙이 걸어갈 수 있는 관찰로가 나 있어서 아무데나 걸터앉아서 갯벌생물들을 관찰하거나 사진 찍기에 안성맞춤이다. 특히 손발에 펄 하나 안 묻히고 생물들의 다양한 행동을 관찰하고 싶다면 이곳이 딱이다. 갯벌센터는 오전 9시부터 오후 6시까지 열려 있으며, 매주 월요일과 국정휴무일은 쉰다.

갯벌센터 뒤로 펼쳐진 갯벌은 전형적인 펄갯벌이다. 소심하고 행동도 잽싼데다 몸에 시커먼 펄을 묻히고 있는 생물들은 갯벌을 어지럽게 밟고 다닌다고 쉽게 만나지지 않는다. 오히려 갯벌생물들의 흔적 앞에서 무릎을 조아려 기다리고 있으면 얼마 지나지 않아 녀석들이 활동을 시작한다. 옆 사람과 떠드는 것은 상관없다. 몸을 크게 움직이지 않으면 녀석들은 사람이 지키고 앉아 있어도 전혀 눈치 채지 못한다.

무안의 펄갯벌에 사는 생물 중에 최고 명물은 한쪽 집게발이 유난히 큰 농게와 흰발농게다. 집게발 크기가 다른 것은 수컷들뿐인데, 무거운 집게발을 쳐들고 암컷을 부르는 구애 춤을 춘다. 게들의 산란기는 여름이지만 9월 중순 혹은 말까지도 한낮 기온이 22도를 넘는 땡볕 날씨에는 농게들의 구애 춤을 볼 수 있다. 집게발이 붉은 것은 농게이고, 몸집이 그

용산마을에 있는 무안생태
갯벌센터

절반 만하며 집게발이 흰 것은 흰발농게다. 농게는 질퍽한 갯벌 곳곳에서 엄청난 무리를 이루고 있고, 흰발농게는 그보다 펄이 마른 조간대 상부에서 볼 수 있다. 흰발농게를 이처럼 많이 볼 수 있는 곳은 전국에서 흔치 않다.

복잡한 해안선을 따라 구불구불 이어지는 무안갯벌은 구석구석 다양한 환경을 품고 있다. 현경면 현화리 갯벌은 무안갯벌 내에서도 해안사구가 잘 발달한 곳이다. 고운 모래밭을 걸으며 길앞잡이 같은 사구생물을 찾아보기에 적당하다. 용산마을 북쪽에 있는 만풍염전 주변은 습지보호지역에선 벗어나 있지만 다양한 염생식물을 만나기에 좋은 장소다. 이밖에도 해제반도를 달리다가 아무 해변으로나 발길을 돌리면 연인들이 맨발로 뛰어다니기에도 좋을 아름다운 해변이 많다.

1 갯벌센터 뒤 펄갯벌에 긴 관찰로가 나 있다.

2 무안의 펄갯벌에는 농게가 정말 많다.

1
2

황토갯벌을 몸에 발라 보
는 체험자들

무안갯벌 찾아가기

수도권에서 갈 경우 서해안고속도로를 타고 함평분기점까지 가서 무안–광
주고속도로 무안공항光州 방면으로 갈아탄 뒤 북무안 나들목으로 빠진다. 고
속도로에서 내리면 현경 방향으로 우회전, 곧 만나는 해제 · 지도 방향 24
번 국도로 좌회전해 곧장 직진한다. 약 2킬로미터를 지나 봉오제삼거리에
서 용정 방향으로 우회전 해 구불구불한 마을길을 2킬로미터 넘게 달리면
그 끝이 월두마을이다. 월두마을 이정표가 계속 나와 길 잃을 염려는 없
다. 여기서 무안생태갯벌센터가 있는 해제면 유월리로 가려면 다시 봉오
제삼거리로 나와 24번 국도를 타고 해제면으로 진입, 처음 나오는 수암교
차로에서 유월리 방향으로 우회전, 1.2킬로미터쯤 들어가면 생태갯벌센터
가 나온다.

문의 : 무안생태갯벌센터 (061)453–5010, **월두마을 어촌계** (061)452–2714

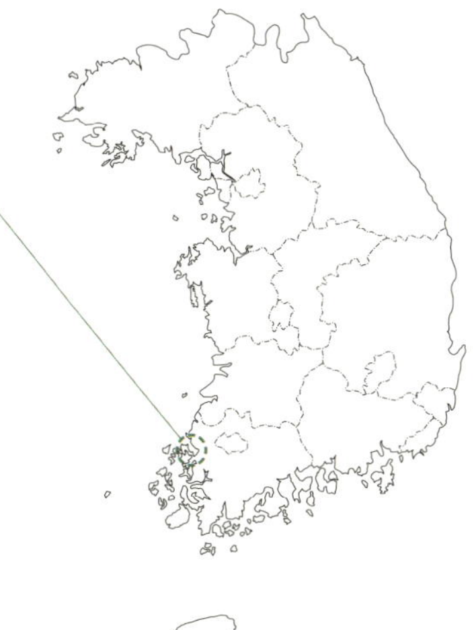

무안갯벌 습지보호지역

위치 : 전남 무안군 현경면, 해제면 해역(함해만) 일대

면적 : 42㎢

지정일 : 2001년 12월 28일

관리청 : 목포지방해양항만청

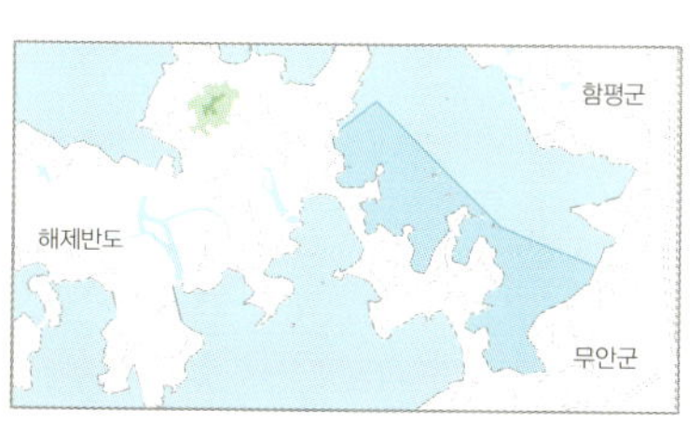

감동과 이야기가 있는 체험여행지

천일염 생산지로 유명한
증도에서 가장 쉽게 마주
치는 풍경이다.

증도

1천4개의 섬으로 이루어져 '천사섬'이라고 불리는 신안군, 그 중에 하나인 증도는 많은 수식어가 따라 다닌다. 섬 안에 어마어마한 규모의 염전이 있어서 소금밭, 앞바다에서 600여 년간 잠들어 있던 해저유물들이 발굴되어 보물섬, 아시아 최초 슬로시티, 자전거 섬, 금연 섬, 그리고 갯벌도립공원, 유네스코 생물권보전구역, 맨 마지막에 우리나라 9번째 연안습지보호지역이라는 설명이 붙는다.

이런 수식어가 하나도 없던 시절, 증도는 섬 안에 물이 적고 시루 모양을 하고 있다고 해서 '시리섬' 또는 '시루섬'이라고 불렀다. 그때는 섬도 둘이었다. 그러다 한국전쟁 때 피난 온 사람들의 생계 문제를 해결하고자 물이 빠지면 징검다리로 건너다니던 두 섬 사이 갯벌에 둑을 쌓아 염전을 만들었다. 그러니, 이 섬의 출발점은 다시 갯벌이다. 습지보호지역으로 묶인 건 비교적 최근 일이지만 증도 사람들의 느린 삶 속에 갯벌은 유전자 기호처럼 아로새겨져 있다.

이름도 재미있는 짱뚱어다리

2010년 3월 지도와의 사이에 증도대교가 놓이면서 증도는 무안군 해제 반도를 거쳐 육지에서 바로 연결되는 섬이 되었다. 육로라고는 하나 해제 반도를 너울너울 달려 지도~송도~사옥도를 다 지나서 당도하게 되니, 증도에서 권하는 느릿한 삶에 먼저 익숙해지는 것이 좋다.

여행자들에게 '걷고 싶은 섬'을 권유하는 증도는 생각보다 넓다. 섬 둘레를 따라 난 모실길 5코스를 모두 걷자면 연장 길이로 무려 42.7킬로미터, 걷기만 해도 하루해가 꼴딱 넘어간다. 갯벌을 중심으로 하면 짱뚱어다리에서 증도갯벌생태전시관으로 이어지는 3코스, 여기서 다시 화도로 가는 4코스를 이어 걸으면 좋다. 전시관 앞에 모여 전기버스를 타고 화도 노둣길로 가서 섬 주민들과 함께 천천히 갯벌을 거닐며 다양한 체험을 하는 프로그램도 있다. 증도슬로시티 홈페이지에서 물때에 따른 갯벌휘리 체험 시간표를 확인하고 여행날짜에 미리 예약해 두면 편하다.

짱뚱어다리는 섬 서쪽에서 갯벌을 가로지른 길이 470미터의 목교다. 신안군이 갯벌체험장을 만들며 놓은 것인데, 주민 공모를 통해 이름을 얻었다. 생긴 것도 하는 짓도 우스꽝스러운 짱뚱어를 갯벌생물의 대표 격으로 내세웠지만 발밑 갯벌에는 농게, 칠게, 말뚝망둥어들이 더 많이 보인다. 짱뚱어와 말뚝망둥어는 같은 망둑어과 물고기로 비슷하게 생겼는데, 짱뚱어는 몸에 파란 점무늬가 있고 겁이 많아서 주로 집 구멍 주변에서만

1 갯벌 위로 470미터나 이어지는 짱뚱어다리. 물이 차면 바다 위에 서 있는 듯하다.

2 다리 아래로 갯벌생물들의 자연스러운 삶을 관찰할 수 있다.

1
2

생활한다. 구멍도 여러 개 뚫어 놓고 이쪽저쪽으로 옮겨 다니기 때문에 손으로 잡을 때는 남는 손발로 다른 구멍들을 막은 후 한 쪽으로 튀어나오는 것을 노려서 낚아챘다고 한다. 말뚝망둥어는 몸에 굵은 줄무늬가 있고 갯벌 여기저기를 잘도 뛰어다닌다. 짱둥어는 물고기 중에 유일하게 겨울잠을 자는 것도 다르다. 첫서리가 내리는 11월부터 춘삼월까지 구멍을 막고 들어가 잠을 잔다. 그래서 '잠둥어'라고도 불렀다.

짱둥어다리에서 바다 쪽으로 넓게 펼쳐진 갯벌은 펄갯벌과 모래갯벌이 층을 이루어 나타나는 독특한 형태다. 농게가 기어 다니는 펄갯벌 중앙에서 뜻밖의 모래톱이 떠오르고, 다시 펄갯벌이 이어지다가 혼합갯벌, 그리고 짱둥어 해변이 있는 모래갯벌로 이어지는 식이다. 갯벌 중앙에 섬처럼 뜬 모래톱에는 만조 무렵에 다양한 도요새들과 갈매기들, 저어새가 찾아와 먹이를 찾는다. 짱둥어다리에서 이들을 구경하다 맞이하는 해넘이는 일품으로 알려져 있다.

짱둥어 해변에서 갯벌전시관까지는 향기도 그윽한 해송 숲길이 4.6킬로미터나 이어진다. 증도 면사무소 뒤편 산정봉 정상에서 내려다본 모습이 꼭 한반도 지형을 닮았다고 해서 '한반도 천년해송숲'이라고 부른다. 해안 쪽으로는 모래사장이 곱기로 유명한 우전 해변이 나란히 이어진다. 숲속과 모래 해변을 번갈아 걷다 보면 시간 가는 줄 모르고 갯벌전시관에 닿는다.

짱둥어보다 겁이 없어 더
흔히 눈에 띄는 말뚝망둥어

신안갯벌센터
Shinan Getbol Center
슬로시티센터
Cittaslow Center

노둣돌 걸어 화도 가는 길

사방이 갯벌로 둘러싸인 증도에서도 제일 알짜박이는 화도 가는 길에 있다. 화도는 증도 주변에 흩어져 있는 유인섬 8개 가운데 하나로, 때 묻지 않은 어촌 풍경을 보여준 드라마 '고맙습니다'의 촬영지다. 증도 도초리에서 화도까지 정감 있는 노둣길로 이어져 차와 경운기, 우체부 오토바이까지 수시로 오간다. 노둣길은 밀물 때 갯벌과 함께 잠길 때도 있는데, 실제로 노두가 사라지는 것은 조수간만의 차가 큰 사리 때뿐이다. 주변 갯벌도 만조 때나 겨우 물에 잠길 정도여서 주민들의 고깃배는 대부분 갯벌에 처박혀 있다가 만조 때 일부러 파놓은 갯길을 짚어서 슬슬 바다로 나간다. 화도라는 지명은 지상으로 귀양 온 옥황상제의 딸 선화공주가 외로움을 달래기 위해 가꾼 꽃밭이 온 섬을 가득 채워서 그렇게 불렀다는 설이 있다.

노둣길 앞에는 화도마을이 국토해양부, 전라남도, 유네스코에서 각각 지정한 갯벌보전지역임을 알리는 안내문이 붙어 있다. 실제로 증도와 화도 사이, 그리고 화도를 빙 둘러서 펼쳐진 갯벌은 30제곱킬로미터가 넘는 증도갯벌 습지보호지역 안에서도 상당한 면적을 차지한다. 썰물 때 화도로 가는 노둣길을 걸으면 증도갯벌의 엄청난 생명력을 실감할 수 있다. 펄 함량이 높은 진흙 갯벌이 먼 바다까지 울퉁불퉁 이어지는데, 마치 삽으로 퍼낸 듯한 갯골들 사이로 갯벌생물들의 집 구멍이 아파트 창문처럼

---

1 낭만적인 짱뚱어 해변　　2 향기로운 천연해송숲 길　　3 해송숲 끝에서 만나게 되는 증도갯벌생태전시관

조밀하게 이어진다. 이런 갯벌엔 긴 부리로 갯벌을 잘도 파서 먹이를 찾는 도요새들도 주인공이 된다.

　화도 외에 증도 동쪽으로 줄줄이 떠 있는 병풍도, 대기점도, 소기점도, 소악도 주변 바다도 습지보호지역에 포함되어 있다. 태평염전에서 가까운 증도 버지 선착장에서 병풍도 가는 배가 수시로 뜨며, 병풍도에서 대기점도까지 노둣길이 나 있다.

1 드라마 '고맙습니다' 촬영지

2 도초리에서 화도로 이어지는 노둣길

2

노돗길에서 만난 갯벌. 만
조 때도 가까스로 잠길 만
큼 펄이 두텁다.

퉁퉁마디도 자라는 효자 땅, 태평염전

증도 내륙을 달리다 안 거칠 수 없는 곳이 바로 염전이다. 짱뚱어다리에서 동쪽으로 선을 긋듯 염전 지대가 길게 펼쳐져 있다. 한국전쟁 때 앞시리와 뒷시리 두 섬을 막아 염전을 만들었다는 바로 그 곳인데, '태평염전'이라는 현판 뒤로 끝도 없이 늘어선 염전 규모가 여의도 땅의 두 배에 이른다. 단일염전으로는 우리나라에서 가장 큰 규모로, 매년 전국 소금 생산량의 5퍼센트에 해당하는 1만5천 톤의 천일염을 거둬들이고 있다. 한때 염전이 워낙 잘 돼서 갯일도 논농사도 마다할 정도였다니, 이래저래 증도는 바다에 빚진 것이 많다.

염전을 구경하다가 "이구, 여기도 다 갯벌이구먼." 할지 모른다. 그러나 모르는 말씀! 언뜻 보면 진흙물에 잡초가 자라는 것 같은 네모반듯한 땅들이 모두 천일염을 만드는 시설 중 일부다. 옛 소금창고를 개축한 소금박물관에 가서 소금 만드는 과정을 보면 그 역할을 이해할 수 있다. 소금 만들기는 저수지에 가둔 바닷물을 편평한 염전 바닥으로 옮기면서 시작된다. 흔히 보는 소금창고 앞에는 네모반듯한 땅들이 여러 칸 이어져 있고, 그 끝이 수로를 통해 저수지와 연결된다. 이를 다시 역순으로 하면 저수지에서 끌어들인 바닷물은 제1증발지<난치>→제2증발지<누태>→결정지로 칸칸이 이동하며 염도가 높아지고, 마지막 결정지에서 불순물이 제거된 염도 25도의 바닷물을 소금 결정체로 추출해 창고에 보관한다. 이 과

1 증도에서 생산한 천일염

2 단일염전으로는 가장 큰 규모인 태평염전. 어디에서도 끝을 볼 수 없다.

195

정에서 비라도 오면 단계마다 설치된 '함수통'에 물을 거둬들였다가 다시 펴기를 반복한다. 소금은 1년 중 바람이 좋고 습기가 적은 5~6월, 그리고 볕이 아주 강한 8~9월에 잘 되며, 창고에서 3년 이상 묵혀 간수를 빼야 좋은 맛이 난다.

소금창고 앞에서 멀찌감치 밀려나 쓸모없는 땅처럼 보이기 일쑤인 증발지들은 퉁퉁마디, 칠면초 같이 염도가 높은 곳에서 잘 자라는 염생식물을 키운다. 특히 '함초'라고 불리며 소금을 대체하는 건강 조미료로 사랑받고 있는 퉁퉁마디는 천일염과 함께 증도가 자랑하는 특산물이다. 소금밭에 저절로 자란 풀이 또 몸에 좋다고 팔려 나가니 얼마나 좋을까. 줄기마디 사이가 퉁퉁하게 부풀어 다양한 염생식물 중에서도 이름을 알아채기 쉬운 퉁퉁마디는 여름까지 싱싱한 초록빛이 돌다가 가을에 염전 주변을 붉게 물들인다. 🐚

1 소금에 관한 궁금증을 풀어주는 소금박물관　　**2** 염전에서 나는 또 하나의 특산물, 퉁퉁마디

SALT GALLERY
소금
SALT GALLERY 소금
박물관
S 소금
GALLERY
1
2

태평염전. 소금창고들은
모두 나무로 지었다.

증도 찾아가기

신안군에 속한 증도는 2010년 3월 지도와의 사이에 증도대교가 놓이면서
무안군 해제반도를 지나 육로로 갈 수 있게 되었다. 수도권에서 갈 경우 서
해안고속도로와 무안−광주고속도로를 거쳐 북무안 나들목에서 내린 뒤, 무
안 현경면을 지나 해제반도로 간다. 해제면에 진입해 지도, 증도 방향으로
좌회전하면 신안군 지도, 송도, 사옥도를 나란히 거친 뒤 증도대교를 건너
증도에 도착하게 된다. 증도 안에는 갈림길마다 이정표가 잘 서 있다. 섬
왼쪽부터 시작해 태평염전~화도~갯벌생태공원~짱뚱어다리 순서로 돌거
나 그 반대로 돌면 편하다.

문의 : 증도갯벌생태전시관(061)275−8400, http://www.slowjeungdo.com

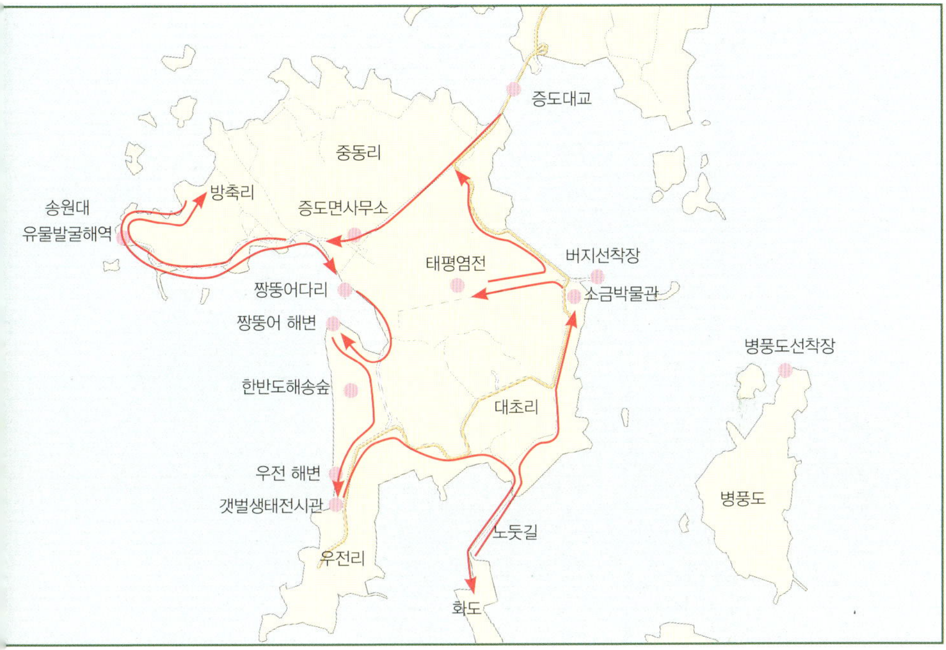

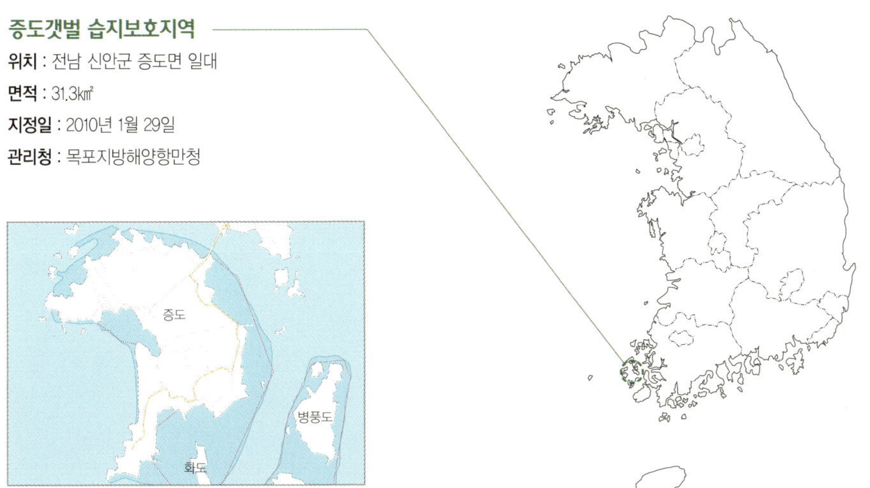

증도갯벌 습지보호지역

위치 : 전남 신안군 증도면 일대

면적 : 31.3㎢

지정일 : 2010년 1월 29일

관리청 : 목포지방해양항만청

감동과 이야기가 있는 체험여행지

순천 하면 역시 갈대다. 사
진은 대대포구 주변의 갈
대 산책로

순천만

수식어로 '대한민국'을 앞세우는 마케팅은 위험하다. 우리나라에서 최고, 1등, 혹은 대표 격이라는 뉘앙스를 온몸으로 풍기기 때문에 맛집 골목에서 흔히 보는 원조 간판들처럼 식상해서 외면당하기 쉽다. 그런데 생태여행 혹은 생태관광이 주류로 자리 잡지 못한 우리나라에서 '대한민국 생태도시'라는 자못 도발적인 슬로건을 앞세워 지역관광 사업에 성공사례를 만들어가는 곳이 있다. 바로 전라남도 순천시다.

순천 하면 이제는 많은 사람들이 순천만을 떠올린다. 여기에는 타고난 자연경관에 미학적 가치를 한층 부여해 누구나 가보고 싶고 카메라에 담고 싶은 낙원의 이미지로 가꾸어낸 예술 마케팅 전략이 큰 몫을 했다. 많은 작가들의 사진에서 보듯 갈대, 갯벌, 철새의 이미지가 순천만처럼 아름답고 디테일하게 각인된 곳은 없다. 여러 지자체가 겪고 있듯 생태관광이 잘못 개발되면 곧 자연생태계를 파괴한다는 등식도 깼다. 경관은 더욱 아름답게, 생태계는 더욱 고유한 상태로 유지하는 것이 '순천만 생태관광'이 추구해 온 방향이다.

사진가들도 사랑하는 생태경관지역

순천만은 순천시 남쪽 해안에서 대대포구까지 오목하게 파고 든 내만을 말한다. 북쪽으로는 5.4제곱킬로미터의 갈대밭, 그 아래로는 S자형 수로와 함께 22.6제곱킬로미터의 광대한 갯벌이 펼쳐져 있다. 순천만 바깥에서 고흥과 여수, 보성 벌교, 순천을 이어주는 거대한 만은 바다 가운데에 여자도라는 섬이 있다고 해서 전통적으로 여자만이라 불러왔는데, 요즘은 순천만이 하도 유명세를 타서 이곳까지 뭉뚱그려 순천만이라고 하는 사람들이 많다.

타고난 자연경관에 미학적 가치까지 부여한 순천만의 전경

여기서 말하는 순천만은 순천시가 품고 있는 그 내밀하고 찰진 바다다. 순천만의 경관은 워낙 다채로워 먼 바다에 비해 결코 좁다는 느낌을 주지 않는다. 대대포구로부터 점점 크게 휘어지며 먼 바다로 달려 나가는 S자 수로, 그 주변으로 물살과 함께 밀려나면서 더 밀도 있고 건강하게 확대 재생산되고 있는 갯벌, 내륙에는 갯벌만큼이나 드넓게 펼쳐진 농경지, 이런 풍요로운 자연에 질감과 색채를 부여하는 갈대와 칠면초 군락, 그리고 떼를 지어 날아다니는 철새들…. 그 특출한 경관 때문에 순천만은 2006년 한국관광공사가 선정한 최우수 경관 감상지역에 꼽히기도 했다.

물론 이 시대, 순천만이 주목받는 것은 훌륭한 피사체로서의 경관 가치 때문만은 아니다. 우리나라를 대표하는 연안습지로서 순천만갯벌이 지니고 있는 생태적 가치는 그 이상이다. 순천만갯벌은 순천 시내를 흘러온 동천과 이사천이 합류해 바다로 빠져나가며 만들어낸 전형적인 하구 갯벌이면서 내륙으로 깊숙이 휜 만입형 갯벌이다. 경관이 워낙 수려해 인공적으로 느껴지는 부분도 있지만 하구를 원형에 가깝게 보전한 원시 갯벌이어서 오랜 세월 안정적인 생태계를 이루어 왔다.

인접한 벌교갯벌과 함께 펄 함량이 전국에서 제일가기로 소문난 순천만갯벌은 짱뚱어, 꼬막, 맛조개의 주 산지다. 다양한 저서생물을 품고 있는데다 하구 주변의 갈대밭, 배후산지와 농경지 등 새들이 쉴 곳이 많아 자연스레 철새의 낙원이 되었다. 오늘날 순천만 마스코트로 대접 받고 있

---

1 하구형 갯벌의 특성을 아주 잘 보여주는 S자형 수로

2 농주마을의 칠면초 군락 과 똥섬

1

2

는 천연기념물 제228호 흑두루미를 비롯해 재두루미, 검은머리갈매기, 저어새와 노랑부리저어새, 알락꼬리마도요 같은 국제적인 보호종이나 멸종위기종들이 매년 순천만에 찾아온다. 멸종위기야생동물 I급인 수달과 II급인 삵을 비롯해 야생 포유동물들도 갈대밭과 농경지를 오가며 사는 것으로 알려져 있다.

이 모든 이유로 순천만갯벌은 우리나라 연안습지보호지역 중에서 처음으로 2008년 1월에 람사르습지로 지정되었으며, 같은 해 6월 문화재청에 의해 국가지정문화재 명승 제41호로도 등록되었다. 순천만갯벌이 습지보호지역으로 묶인 것은 이미 2003년의 일이다.

흑두루미와 노랑부리저어새가 사는 갯벌

순천시에서 순천만 이정표는 보통 대대포구 가까이에 있는 순천만자연생태공원으로 향한다. 하지만 여유가 있다면 벌교 방향에서 올 때 순천만이 처음 시작되는 곳, 화포 해변부터 시작하면 좋다. 순천만 서쪽 입구에 자리한 화포마을은 해돋이가 아름다운 곳이다. 날씨가 좋을 때는 마을 앞으로 여자만의 너른 품이 시원스레 펼쳐지고, 궂을 때는 눈앞에 호수 같은 바다를 잔잔히 마음에 담아올 수 있다.

화포에서부터 옆 마을 우명까지는 바다와 나란히 해안도로가 달린다. 바다와 매우 가까워 손 내밀면 만져질 것만 같은 기분을 준다. 우명마을

장산갯벌체험장은 새를 관찰하기에도 명당이다.

에서는 다시 언덕길로 올라 장산마을로 간다. 장산은 갯벌체험장이 있는 곳. 이정표를 보고 들어서면 곧바로 뚝방 길이 시작되는데, 바다가 안 보인다고 무작정 달리면 곤란하다. 뚝방은 대대포구까지 내내 이어지지만 얼마 못가 철새 보호를 위한 차단막에 막혀 버린다.

잘 보면 중간에 뚝방 위로 올라서는 계단이 있다. 마지막 계단을 넘어설 때 어마어마한 갈대밭이 눈앞에 펼쳐진다. 그 사이로 핑크빛 나무 데크가 지그재그로 보기도 좋게 뻗어 있다. 여름에 아이들을 데리고 와서 데크 밑으로 펼쳐진 갯벌 세상, 바글바글한 갯벌 생물들을 아주 가까이에

서 관찰할 수 있는 곳이지만 체험 관람객이 없는 겨울에는 철새를 관찰하기에 이만한 명당도 드물다. 가장 좋은 때는 만조 전후로 서너 시간쯤 벗어난 애매한 시간대. 갈대밭에 몸을 숨겨 관찰로 끝까지 다가가면 그리 멀지 않은 곳에 다양한 물새들이 발을 담그고 있다. 물이 찬 갯벌 곳곳에 키 작은 갈대들이 뭉텅뭉텅 군락을 이루고 있어 새들이 몸을 숨기고 먹이 활동을 하기에 참 좋은 환경이다.

"엇, 저기 무리 지은 애들은 백로가 아닌데…. 우와, 저어새다. 노랑부리야."

"정말이네. 고개를 좌우로 흔들어. 갯벌에서 먹이를 찾고 있나 봐."

망원경이나 망원 렌즈를 단 카메라가 있으면 눈으로는 조금 먼 거리에 있는 새들까지 관찰하는 재미가 크다. 겨울 순천만에는 덩치도 크고 귀한 철새가 많이 찾아와 초보자도 금방 이름을 찾아낼 수 있다. 노랑부리저어새들을 구경하는 동안 흑두루미 서너 가족이 차례로 갯벌에 내려앉았다. 일본 규슈 지방 남단 이즈미시에 재두루미와 함께 1만여 마리가 날아가 월동을 한다고 알려져 있는 흑두루미는 순천만에 매년 400여 마리가 날아와 정기적으로 겨울을 난다. 날갯짓이며 걷는 맵시가 일품인 두루미들은 비행 후 착지 동작도 아주 우아하다.

차단기로 가로막힌 길 너머에는 대대들녘이 넓게 펼쳐져 있다. 철새를 위해 전봇대 300여 개를 없애고 친환경 농사만 짓고 있다는 착한 농경지

사진 중간쯤에 노랑부리저
어새 무리가 있다.

다. 순천만의 상징인 흑두루미와 재두루미는 대체로 이 들녘에서 낙곡을 주워 먹으며 가족 단위로 무리 지어 생활한다. 생태 마케팅으로 수많은 관광객을 불러들이면서도 철새들에게 중요한 쉼터만큼은 철저히 지켜주는 순천시와 시민들의 성숙한 의식이 느껴진다.

순천만의 마스코트 역할을 톡톡히 하고 있는 흑두루미

순천만의 색다른 여행 제안 세 가지

대대들녘을 지나 순천만의 가장 깊숙한 곳에 순천만자연생태공원이 있다. 올해부터는 입장료를 받는다. 단순히 전시관만 있는 것이 아니라 대대포구와 무진교, 아름다운 갈대 산책로와 용산 전망대에 이르기까지 순천만의 가장 중요한 명소들을 품고 있기 때문에 필수 코스다. 이왕 입장료까지 냈으니 순천만자연생태관에 들러 순천만의 역사와 갯벌 생태에 관해 공부하고 출발하면 좋다. 나란히 붙은 천문대에서는 천체망원경을 통해 대대들녘에서 쉬고 있는 철새들을 포착해 보여준다.

대대포구에 걸린 구름다리 무진교는 김승옥의 단편소설 〈무진기행〉에서 이름을 따 왔다. 다리를 건너면 길이만 무려 1.2킬로미터에 이르는 갈대 산책로가 이어진다. 걷는 것이 재미없다면 두 가지 여행 방법이 더 있다. 하나는 무진교 앞에서부터 북쪽으로 2.4킬로미터 떨어진 맑은물관리센터^{동천과 이사천의 합류 지점}까지 하루 7회 운행하는 갈대열차를 타는 것이다. 뚝방을 따라 갈대밭이 끝도 없이 이어지는 이 길은 〈무진기행〉의 실질적 무대로서 중간에 김승옥, 정채봉 등 순천 출신 문인들의 육필원고와 작품을 감상할 수 있는 순천문학관을 지난다.

또 하나는 무진교 아래 대대포구에서 출발하는 생태체험선을 타는 것이다. 순천만의 독특한 S자 수로를 따라 여자만 앞 바다까지 왕복 6킬로미터를 오가며 생태 해설을 들을 수 있는데, 워낙 인기 있는 투어 프로그

---

1 순천만자연생태관

2 〈무진기행〉의 무대를 돌아보는 갈대열차

1

2

램이어서 현장에서 조기 마감되는 것이 단점이다. 오전에 일찍 순천만에 도착한다면 미리 예약해 놓고 다른 관람을 시작하는 것도 좋겠다. 예약은 현장에서만 받으며, 간조 때를 피해 매일 5~6회 운항한다.

어쨌거나 갈대밭 체험은 그 속에 들어가 걸어야 제 맛이다. 어른 키만큼 자란 갈대밭 속으로 계속 걸어가면 어느새 용산 전망대로 오르는 길 안내가 나온다. 뒤돌아보면 자연생태관 건물이 아득한데 왕복 40분 거리의 작은 산 하나를 더 오르라니, 약간 망설여질지 모른다. 그러나 전망대까지 길이 순한데다 그 끝에 만나는 경관이 매우 호쾌하므로 꼭 오르기를 권한다.

순천만이 한폭 그림으로 내려다뵈는 용산 전망대에 서면 왜 그토록 많은 사진가들이 무거운 장비를 짊어지고 계절마다, 기후와 시간대를 달리해 가며 이곳에 오르기를 반복하는지 알 수 있다. 순천만 홍보물에서 흔히 봐 왔던 사진, 마치 대지와 바다를 도화지 삼아 마음껏 공간예술을 펼친 듯한 장면이 눈 아래로 펼쳐진다.

이곳에서는 올라온 길을 쉬 내려가지 못하고 3층 구조로 된 전망대를 오르락내리락 하며 서성이는 사람들이 많다. 그러다 먼 바다로부터 해가 뉘엿뉘엿 저물고 마침 S자 수로를 따라 마지막 생태탐사선이 들어오기라도 할라치면 사람들은 너나없이 핸드폰이라도 꺼내 그 장면을 담는다. 찰나의 감동을 실체로 남겨 소유하려는 욕심, 그것이 어쩌면 사진의 본질일 테니까. 🐚

용산전망대로 가는 길엔 사진 찍기 좋은 장소가 많다.

순천만자연생태관의 철새
전망대.

순천만 찾아가기

2011년 전주-순천간 고속도로가 개통해 수도권에서 순천만 가는 길이 1시간 이상 줄었다. 순천시내에 들어서면 순천만 이정표가 내내 나온다. 화포 해변으로 곧장 가고 싶다면 벌교 방향 2번 국도를 달리다가 대동리 혹은 죽전리 방향으로 좌회전하면 된다. 화포 해변에서 순천만자연생태관이 있는 대대포구까지는 해안길과 뚝방길, 논길을 달려 쉽게 연결된다. 순천만자연생태공원 입장료는 어른 2천 원, 어린이 1천 원이며, 매주 월요일은 휴관한다.

문의 : 순천만자연생태공원 (061)749-4007, www.suncheonbay.go.kr

순천만갯벌 습지보호지역

위치 : 전남 순천시 도사동, 별량면, 해룡면 일대

면적 : 28㎢

지정일 : 2003년 12월 31일

관리청 : 여수지방해양항만청

감동과 이야기가 있는 체험여행지

장암갯벌에서 꼬막을
캐는 모습.

보성 벌교

"벌교가 보성이었나?" 벌교에 와서 이렇게 말하는 사람들이 의외로 많다. 보성군 동쪽에서 순천시를 면하고 있는 벌교읍은 보성-순천을 잇고 고흥, 화순, 더 나아가 장흥, 강진, 영암, 목포로 뻗어나가는 사통팔달의 중심에 있다. 특히 벌교 남쪽에 붙은 고흥반도에서는 벌교 땅을 밟지 않고서는 외지로 한 발짝도 나갈 수 없다. 이런 지리적 이점 덕분에 한낱 작은 갯마을에 지나지 않던 시절에도 벌교는 전라도 지역의 큰 상권, 주먹세계까지 좌지우지하는 위세를 떨쳤다. 오죽 하면 "벌교 가서는 주먹 자랑도 돈 자랑도 하지 말라."고 할 정도였을까.

벌교 하면 가장 먼저 떠오르는 것은 꼬막이다. 모래밭에 사는 여느 조개들과 달리 시커멓고 진창인 펄에 온몸을 담그고 사는 꼬막은 벌교 앞바다에 유난히 많다. 벌교를 주 무대로 한 소설 〈태백산맥〉에도 꼬막에 관한 묘사가 다양하게 나오는데, '간간하고 쫄깃쫄깃하고 알큰하기도 하고 배릿하기도 한' 꼬막 맛은 과거 수라상 여덟 진미 가운데서도 일품에 꼽혔단다. 그 맛을 제대로 보려면 벌교는 꼬막이 제철인 늦가을부터 겨울에 찾으면 좋다.

꼬막 생산량 60퍼센트를 책임지는 벌교

2003년 12월 순천만과 함께 습지보호지역으로 지정된 벌교갯벌은 벌교천이 여자만으로 흘러드는 하구역에 10.3제곱킬로미터 넓이로 펼쳐져 있다. 갯벌도 순천만갯벌과 나란히 붙어 있다. 같은 여자만의 영향을 받는데다 하구형 갯벌인 두 곳은 펄질과 사는 생물이 비슷하다. 그럼에도 꼬막만큼은 벌교에서 전국 생산량의 60퍼센트를 책임지고 있다. 벌교천 하구를 따라 바다 쪽으로 삐쭉 튀어나온 장암리, 대포리 갯벌이 대표적인 꼬막 산지다.

장암리 하장마을 앞 갯벌도 '1박2일' 촬영지로 유명세를 치렀다. 출연진들의 꼬막 캐기 현장이 전파를 타면서 무릎이 푹푹 빠지는 벌교갯벌의 특성과 그 때문에 널빤지 같은 뻘배를 끌고 꼬막을 캐는 모습이 생생하게 전달되었다. 지난해 여름 전라남도와 보성군은 이 프로그램에서 착안해 '남도 레저 뻘배 대회'를 장암갯벌에서 개최했다. 주민들이 사용하는 것보다 가볍고 조종하기 쉬운 레저용 뻘배를 개발해 갯벌 레이스를 펼친 것. 옆마을 대포갯벌에서는 매년 가을 꼬막축제도 열린다.

꼬막은 사계절 내내 나지만 늦가을 서리가 내리고부터 춘삼월까지, 추운 겨울에 잡은 것을 최고로 친다. 이 무렵 알이 꽉 차오르는 데다 추위에 속살이 오그라들어 쫄깃한 식감이 더욱 좋아지기 때문이다. 따라서 벌교갯벌도 바람 찬 겨울에 더 부산해진다. 물 빠지기가 무섭게 꼬막 잡이

뻘배를 묶어놓은 대포갯벌의 풍경. 갯벌이 워낙 질어 물기가 반짝반짝하다.

에 나선 벌교 아낙들은 뻘배에 소쿠리 몇 개를 올려놓고 낮은 포복자세로 종일 갯벌을 휘젓는다. 한 쪽 다리를 노 삼아, 두 팔은 빗처럼 생긴 떼를 밀면서 뻘을 헤집으면 금방 소쿠리 그득히 꼬막이 찬다.

꼬막에도 종류가 있다. 이렇게 갯벌에서 일일이 손으로 잡은 것은 꼬막이다. 껍질이 단단하고 주름 골이 깊은 것이 특징이며, 시장에서도 뻘 묻은 그대로 자연산 '인증'을 해서 판다. 이와 달리 고깃배를 타고 나가 기계로 잡은 꼬막을 현지에서는 '똥꼬막'이라 부르는데, 같은 꼬막이지만 단지 어민의 손으로 직접 잡지 않았다는 것만으로 그 가치가 떨어진다. 가끔 피조개만큼이나 커다란 꼬막도 잡히는데 이것은 세꼬막이다.

꼬막은 단백질과 필수아미노산, 타우린 성분이 풍부해 간 해독은 물론이고 보양음식으로 좋다. 삶았을 때 갈색을 띠는 피가 사람 피 성분과 비슷해서 빈혈 예방에도 효과가 크다. 그래서 꼬막을 삶을 때는 핏물이 빠져나가지 않도록, 다른 조개들과 달리 입이 벌어지지 않게 주의하는 게 포인트다. 팔팔 끓인 물을 80도 정도로 식힌 뒤 꼬막을 넣고 한 방향으로 계속 돌리면서 익히는 것이 그 비법. 읍내에 가면 꼬막정식을 파는 식당이 즐비해 그 맛을 제대로 즐길 수 있다.

소설 〈태백산맥〉를 떠올리는 벌교천 풍경

이왕 벌교에 왔다면 〈태백산맥〉의 흔적을 찾아 짧게라도 읍내 기행을 해

1 벌교 매일시장에서 가장 익숙한 풍경. 상점마다 꼬막을 잔뜩 쌓아두고 손님의 흥정을 받는다.

2 삶은 꼬막. 갈색이 많을수록 싱싱하고 맛있는 꼬막이다.

3 꼬막식당 이름이 참 거시기하다. 벌교천 주변에 꼬막식당이 널려 있다.

거시기
꼬막식당
858-2255

보자. 작가 조정래가 유년기를 보낸 벌교읍에는 소설 속에 등장하는 길이며 다리, 건물들이 곳곳에 산재해 흡사 소설 속에 빠져든 듯한 느낌을 준다. 식민과 분단, 이데올로기 분쟁 등 우리 근현대사의 아픔을 처절하게 겪어낸 소설 속 인물들은 허구였지만 그 배경이 된 벌교의 풍경은 작가의 기억 속에서 또렷이 떠올라 사실감 넘치게 묘사되었다.

깨끗하게 단장한 벌교역은 〈태백산맥〉에서 과거 빨치산들의 시체를 효시했던 곳이다. 주인공 염상진의 목도 사흘간이나 내걸렸다. 매일시장이 열리는 역 앞은 언제나 밀리는 차들과 사람들로 북적인다. 상점들마다 그물망에 담은 꼬막을 탑처럼 쌓아두고 손님들의 흥정을 받고 있다. 시장 뒤로 이어진 골목골목마다 소설 속 무대들이 숨어 있다. 지주들이 기생을 끼고 앉아 작당모의를 일삼던 요정, 염상구의 아지트였던 청년단이 있던 자리, 좌우익을 가리지 않고 환자를 치료해 주던 자애병원 등…. 그 위치나 지금의 상호, 건물 모습은 벌교읍 관광지도에 모두 잘 나와 있다.

벌교천이 보고 싶었다. 벌교역에서 부용교로 곧장 걸어가면 그 앞에 붉은 철다리가 지난다. 염상구가 벌교의 주먹세계를 장악하기 위해 결투를 벌였던 장소다. 이들 다리 아래로 흐르는 강이 벌교천이다. 하구가 길게 이어지는데다 갈대밭도 무성해 그 끝을 짐작하기 어렵다. 이 강 하구로 20리 방죽을 쌓은 것을 일본인 지주 이름을 따서 중도방죽이라 불렀다. 그 덕에 생겨난 중도벌판에는 현부자집 논들이 펼쳐졌다.

---

1 벌교역. 지금은 깨끗하게 단장했다.

2 염상구가 벌교 주먹세계를 장악하기 위해 결투를 벌였던 철다리

KORAIL
벌교역
Beolgyo Station 筏橋驛

벌교천. 강 하구를 따라 20
리 중도방죽이 이어진다.

벌교천을 따라 읍내로 들어서면 역사적인 다리가 두 개 더 있다. 부용교 뒤로 처음 나오는 것은 소화다리. 근처에 꼬막정식 집들이 우후죽순으로 모여 있어 찾기 쉽다. 원래는 이 다리 이름이 부용교였지만 일제강점기였던 1931년, 일본식으로는 소화 6년에 다리를 놓아 예부터 소화다리라고 불렀다고 한다. 한국전쟁 때는 좌익과 우익이 서로 밀고 밀릴 때마다 이 다리 위에서 보복성 총살형을 치렀다는 피의 다리다. 소설에는 '소화다리 아래 갯물에고 갯바닥에고 시체가 질펀허니 널렸'다고 기록되어 있다.

다음에 나타나는 다리는 소설에 횡갯다리라고 소개된 홍교다. 우리나라에 남아 있는 아치형 석교 가운데 가장 크고 아름다워서 보물 제304호로 지정되어 있다. 과거엔 이 자리에 뗏목을 잇달아 놓은 다리가 있었다. 벌교라는 지명은 바로 여기서 유래된 것으로, 벌교는 뗏목다리를 지칭하는 고유명사로 국어사전에도 나오는 단어다. 소설에서는 빨치산들이 지주들에게서 빼앗은 쌀을 소작인들에게 나눠 주려고 쌓아 놓았던 다리로, 다리 너머 마을에 고뇌하던 지식인 김범우의 집이 있다.

이렇게 벌교읍 구석구석을 돌아보는 데는 2시간 정도면 충분하다. 가능하면 한 시간쯤 더 들여 벌교버스터미널 뒤편에 있는 태백산맥문학관도 관람하고, 벌교에 그리 많은 꼬막정식 집에도 한 군데 찾아 들어 별미를 맛보면 좋다.

---

1 현존하는 가장 아름다운 아치형 석교로 알려진 벌교 홍교. 다리 너머 마을에 김범우네 집이 있다.

2 좌우익이 대립하며 서로 총살형을 주고받던 소화다리

1

2

소설 〈태백산맥〉 속 김범우
네 집. 작가의 어릴 적 친구
네 집이었다고 한다.

2011년 전주–순천 고속도로가 개통되어 벌교 가는 길도 빨라졌다. 일단 고속도로로 순천시까지 간 뒤 2번 국도를 타고 벌교로 간다. 읍내를 먼저 돌아보고 싶다면 벌교대교를 건너기 전 맨 처음 나타나는 벌교 방향 나들목으로 빠져서 벌교역까지 간다. 역 앞 유료주차장에 차를 세우고 두세 시간쯤 걸어서 둘러보면 충분하다. 반면에 벌교갯벌로 곧장 가려면 벌교 방향 두 번째 나들목^{장좌교차로}에서 빠지면 편하다. 나들목에서 내려 고흥 방향으로 좌회전, 200미터쯤 앞에서 대포 방향으로 한 번 더 좌회전한다. 좌회전해 오른쪽에 나타나는 벌교삼성병원이 벌교갯벌을 찾아가는 랜드마크다. 읍내에서 갯벌로 갈 때도 고흥 방향으로 달리다 이 병원을 보며 좌회전하면 된다. 병원을 지나쳐 4.7킬로미터 달리면 왼쪽은 장암, 오른쪽은 대포갯벌로 가는 갈림길이다. 두 곳을 모두 둘러보면 좋다.

벌교갯벌 습지보호지역

위치 : 전남 보성군 호동리, 장양리, 영등리, 장암리, 대포리 일대

면적 : 10.3㎢

지정일 : 2003년 12월 31일

관리청 : 여수지방해양항만청

조간대 생물 · 게 · 흔적 · 긴게와 고둥
갯벌생물 · 염생식물 · 사주식물 · 곤충과 작은 동물들
새 · 산호 · 해저동물 · 해조류
·
·
부 록

해양생물 찾아보기

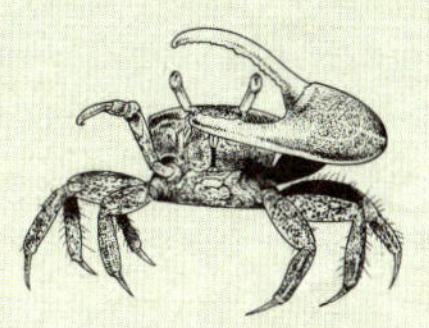

갯바위와 조수웅덩이로 올라온 조간대 생물

만조 때 바닷물에 잠겨 있다가 간조 때 공기 중에 노출되는 구간을 조간대라고 한다. 갯벌이 대표적인 예이지만 여기서는 간조 때 드러나는 바닷가 갯바위와 조수웅덩이에 사는 생물을 찾아본다. 바다에 적응해 사는 생물들에게 갑자기 노출되는 공기와 뜨거운 햇빛은 스트레스가 매우 큰 환경 변화다. 갯벌에서는 펄 안으로 들어가 피할 수라도 있지만 갯바위와 조수웅덩이에 붙어서 사는 생물들은 혹독한 환경 변화를 온몸으로 맞서야 한다.

갯바위에 붙은 고둥류들은 입구를 바위나 해조류 등에 붙이고 수분을 빼앗기지 않으려고 하며, 따개비 종류도 뚜껑을 닫고 먹이활동을 멈춘다. 반면에 조수웅덩이에 빠진 풀색꽃해변말미잘이나 집게 등은 물 온도가 지나치게 올라가지 않으면 기본 활동을 유지한다.

1 **납작벌레** 등과 배가 납작한 편형동물로서 큐티클로 덮인 몸 아래 근육 층이 있다. 2 **줄군부** 군부는 우리나라 전 연안의 암반 조간대에서 관찰할 수 있다. 3 **담황줄말미잘** 웅덩이에 물이 빠지면 촉수를 잔뜩 오므리고 있다. 4 **풀색꽃해변말미잘** 서해안 조수 웅덩이에서 가장 흔히 볼 수 있는 종이다. 5 **총알고둥** 썰물 때 그늘진 곳에 집단적으로 모여 있으며, 굴이나 따개비 사이에도 종종 끼어 있다. 6 **흑색배말** 삿갓조개과 중에서 가장 큰 종으로 해안 가까운 바위에 붙어 고착생활을 한다. 7 **대수리** 치설을 이용해 조무래기따개비, 어린 참굴, 지중해담치 등에 구멍을 뚫어 속살을 먹는다. 8 **개울타리고둥** 패각에 울타리를 두른 것 같은 담장 무늬가 있다.

1 **참굴** 서해안 갯벌이나 해안 암반에 사는 굴 종류는 거의 참굴이다. 2 **지중해담치** 바위나 다른 물체에 끈 다발을 붙여 부착생활을 한다. 조간대에 사는 것은 거의 지중해담치다. 3 **조무래기따개비** 조간대 상부에 특별한 공간경쟁 없이 무리를 이루고 있어서 가장 쉽게 볼 수 있다. 4 **거북손** 거북 다리처럼 생긴 머리에서 여섯 개의 돌기가 나와 호흡과 운동을 담당한다. 5 **검은큰따개비** 지름이 3센티미터쯤 될 정도로 크다. 새 깃털 같은 결이 있고 구멍이 분화구 같다. 6 **고랑따개비** 조무래기따개비와 함께 무리지어 있기도 하는데, 껍질에 고랑이 파여 줄무늬처럼 보인다. 7 **넓적왼손집게** 비어 있는 달팽이나 고둥 껍질을 보호용으로 쓰고 다닌다.

사는 곳도 생김새도 다양한 게

갯벌에서 게를 관찰하려면 늦은 봄부터 이른 가을까지가 좋다. 게들은 보통 4~5월에 겨울잠에서 깨어나 땅 위로 기어 나오며, 기온이 22도 이상 오르는 땡볕 아래서 가장 활발하게 움직인다. 먹이활동은 주로 흙에서 유기물을 걸러먹고 다시 뱉어내는 행동을 반복하며, 바다에서 밀려온 죽은 물고기나 자기보다 작은 게들, 또는 갯벌에 자라는 염생식물이나 해조류를 뜯어먹는 종류도 있다.

게들은 갯벌에 굴을 파고 생활하며, 집에서 멀리 나와 먹이활동을 하다가도 사람이나 천적의 인기척이 나면 부리나케 집을 찾아 들어간다. 어디에 있던지 집과의 직선거리를 늘 알고 있기 때문에 자기 집을 못 찾고 당황하는 경우는 좀처럼 없다. 게들은 이렇게 숨었다가도 인기척이 없으면 곧 다시 나와서 생활한다. 게가 숨어든 구멍을 주시하며 조용히 앉아 있으면 곧 나와서 바쁘게 움직이는 게들의 생활을 지켜볼 수 있다.

1 **농게** 펄갯벌에 산다. 수컷은 한 쪽 집게발이 유난히 크고 붉다. 2 **세스랑게** 몸이 육각형이고 등과 다리에 털이 많으며 발끝이 붉다. 3 **칠게** 집게발에 푸른빛이 돌아 펄 속에서도 눈에 잘 띈다. 4 **흰발농게** 농게와 비슷하지만 몸집이 절반만 하고, 집게발은 희다. 5 **갯게** 갯벌 습지와 육지를 오가며 살고, 구멍을 파기보다는 숨어 지내는 습성이 있다. 집게발이 무척 강하다. 6 **방게** 몸은 도톰한 사각형이며 집게발이 뭉툭해 보이지만 매우 날카롭다. 7 **도둑게** 눈 가장자리와 등판 전체가 붉다. 바다에서 가까운 논밭에서도 볼 수 있다.

1 **길게** 칠게와 비슷하게 생겼으나 몸이 더 길다. 주로 모래갯벌에서 살며, 구멍을 파지 않고 잠입하는 습성이 있다. 2 **엽낭게** 모래갯벌에 살며 몸통이 염낭 주머니처럼 생겼다. 3 **달랑게** 몸이 모래 색과 비슷해 눈에 잘 띄지 않고, 스르륵 유령처럼 지나다닌다. 4 **밤게** 등이 무척 볼록해 마치 밤을 까놓은 것 같으며, 다른 게들과 달리 앞으로 걷는다. 5 **무늬발게** 조간대 자갈이 많은 곳 틈새에 살며, 등과 다리에 점무늬가 많다. 6 **그물무늬금게** 몸은 둥글고 노란 바탕에 보라색 무늬가 화려하다. 지방에선 '빠갈게'라고도 부른다. 7 **풀게** 조간대 자갈밭에서 돌을 들어 올리면 가장 많이 보인다. 8 **바위게** 바닷가 바위에서 가장 흔히 볼 수 있는 종으로, 몸은 아래가 좁은 사각형이다.

갯벌을 이해하는 첫 번째 키워드, 흔적

강이나 바다에서 펄이나 모래 속, 바위에 붙어 있거나 기어 다니며 사는 동물을 저서동물이라고 한다. 대표적인 것은 땅속에 깊게 파고들어 매몰생활을 하는 조개와 고둥들, 갯벌에 땅굴을 파고 굴 생활을 하는 게들, 갯벌 밖까지 이어지는 서관을 만들어 관속 생활을 하는 갯지렁이들이다.

이들은 따뜻할 때 갯벌 표면에 나와 생활하다가도 사람이 나타나면 부리나케 숨어버려 그 생활을 자연스럽게 관찰하기가 쉽지 않다. 하지만 갯벌 표면에 어지럽게 널려 있는 생물의 흔적을 이해하고 나면 어떤 생물이 이 앞에 있다가 바로 숨었는지를 알 수 있다. 또한 갯벌에 얼마나 많은 생물이 모여 밀도 높은 삶을 이어가고 있는지도 알 수 있다.

1~3 **갯벌에 웬 뚜껑?** 갯벌 표면에 올라와 활동하던 게들이 할 일을 마치고 집에 돌아간 흔적이다. 진흙을 딱 구멍 크기로 만들어 들어가며 입구를 막는다. 4 **갯벌을 뒤덮은 흙구슬들** 게들이 흙을 파먹고 유기물만 걸러 섭취한 다음 다시 뱉어낸 흔적들이다. 5 **톡톡 쪼인 자국들** 게들이 집게발로 흙을 파먹은 곳엔 날카로운 자국들이 남는다. 6 **진흙 반죽** 농게가 자신의 굴을 파고 나온 흔적이다. 물기가 많은 진흙을 하나씩 뭉쳐서 밖에 꺼내 놓는다. 7 **타원형 흙덩어리** 검은갯지렁이들이 흙을 먹고 뱉은 흔적이다. 게들의 흔적과는 쉽게 구분된다. 8 **농게 집** 입구에 굴뚝 같기도 하고 도넛 같기도 한 동그란 담장을 만든다.

1 **방게 집** 방게는 집 구멍을 넓고 펑퍼짐하게 파며, 주변에 진흙무더기를 쌓아두기도 한다. 2 **흰발농게 집** 세미돔 형태의 집을 짓고, 그 위에 올라가 짝짓기 한다. 3~4 **펄털콩게 집** 작은 구멍 옆에 아슬아슬하게 높은 벽을 쌓거나 이웃집과의 영역 구분을 위해 긴 담장을 치기도 한다. 5 **큰구슬우렁이 알덩어리** 수제비를 뜬 것 같은 얇은 막이 다 알덩어리다. 점점 나선형으로 커지게 만든다. 6 **큰구슬우렁이 먹이 흔적** 큰구슬우렁이가 포식한 조개껍질에는 이런 구멍이 뚫려 있다. 7 **세스랑게 집** 실내온도를 낮추기 위해 집 위에 원뿔형 탑을 쌓아올린다. 탑 꼭대기에 바람이 들고 나는 구멍이 있다. 8 **개불 집** 혼합갯벌에 완만한 둔덕을 쌓아놓고 위에 있는 구멍으로 드나든다. 9 **집갯지렁이 집** 집갯지렁이 종류는 이렇게 조개 패각 등을 뭉쳐서 물 밖으로 드나드는 입구를 만들어 놓는다. 10 **대나무갯지렁이 집** 이렇게 집 밖으로 수관을 내민다. 11 **큰검은갯지렁이 배설물** U자 모양 구멍을 파고 한쪽에 이렇게 펄을 쌓아놓는다.

제8장

해안에서 만날 수 있는 조개와 고둥

바닷가 주민들이 가장 고마워하는 갯벌생물은 조개류다. 하지만 조개들은 썰물 때 땅 깊숙이 파고들어 매몰생활을 하기 때문에 일부러 캐지 않고는 그 종류를 알기 어렵다. 조개 캐는 주민들의 바구니를 훔쳐보거나, 조류에 쓸려온 조개껍데기 혹은 새들이 쪼아 먹고 뱉은 껍데기 등을 관찰하면 된다. 펄과 모래의 혼합 비율에 따라, 지역에 따라 나오는 조개 종류도 다르다.

조개와 달리 고둥 종류는 모래톱 사이 물이 자작하게 괸 곳이나 펄 위에서도 쉽게 만날 수 있다. 먼 바다에서 밀려온 모양 좋은 패각도 주우면 재미있다.

1 **민챙이** 온몸에 펄을 뒤집어쓰고 기어다니는 민챙이도 고둥 종류다. 껍질이 퇴화해 조금밖에 안 남았다.
2 **동죽** 패각 정수리가 높으며 솟은 부위가 둥근 삼각형 꼴을 이룬다. 3 **개량조개** 지방에서는 '노랑조개'라
고 부른다. 조간대에서 수심 10미터의 모래와 진흙에 산다. 4 **바지락** 껍질이 좌우로 약간 길고 납작한 편
이며, 무늬는 무척 다양하다. 5 **맛조개** 껍질이 막대기처럼 긴 사각형이며 매우 얇다. 6 **꼬막** 껍질이 두껍고
골이 깊다. 조간대부터 수심 10미터의 펄갯벌에 산다. 7 **개맛** 조개처럼 생겼지만 발이 있는 완족동물이다.
갯벌 바닥에 수직 구멍을 뚫어 그 속에 다리를 박고 머리만 밖으로 조금 내밀어 먹이를 먹는다.

1 **검정비틀이고둥** 껍질은 짙은 회색이며, 조간대 펄이나 암반 지역에 산다. 2 **비틀이고둥** 갯벌에 수백 마리가 떼 지어 표면에 있는 유기물과 부착조류를 먹는다. 껍질에 황백색 줄무늬가 있고 갯고둥들 중에서 입구가 가장 심하게 비틀려 있다. 3 **서해비단고둥** 서해안 모래갯벌에서 흔히 볼 수 있다. 배를 끌고 다닌 흔적도 모래톱에 길게 남는다. 4 **밤색줄무늬계란고둥** 해안에 떠밀려온 껍질을 주웠다. 서해안 수심 10~50미터 바닥에서 산다. 5 **큰구슬우렁이** 껍질이 반구형이고 매우 두껍다. 골뱅이처럼 삶아서 먹는다. 6 **피뿔고둥** 서해안에서 소라 잡이를 하면 이것이다. 껍질은 주꾸미를 잡을 때도 쓴다. 7 **소라** 이게 진짜 '소라'다. 표면에 돌기가 있고, 제주도 바다 조간대에서 수심 20미터 해역에 산다.

온몸에 펄을 묻히고 사는 갯벌생물

질척거리는 펄갯벌은 사람이 걷기에 불편하다. 바다생물들
도 웬만해서는 깨끗한 물에 나가 자유롭게 살 것 같지만 굳
이 이곳을 택해 사는 생물들이 있다. 문어와 같은 친척이지
만 바다보다 펄을 택한 낙지와 배지느러미를 발처럼 변형시
켜 갯벌 위를 통통 뛰어다니는 망둥어들, 꿈틀꿈틀 갯지렁이
들과 펄에 사는 갑각류 딱총새우와 쏙이 그들이다.

1 쏙 갯벌에 Y자 굴을 파놓고 생활하며 주로 밤에 나와 활동한다. 2 **딱총새우** 다른 새우 종류와 달리 한 쪽 집게발이 크고, 큰 발로 '딱딱' 하는 소리를 낸다. 3 **두토막눈썹참갯지렁이** 몸길이는 20~30센티미터로 약간 녹색을 띤다. 4 **낙지** 문어처럼 머리에 8개의 팔이 붙어 있다. 펄에 굴을 파고 살면서 갑각류나 조개를 잡아먹는다. 5 **말뚝망둥어** 몸에 호피 같은 얼룩 줄무늬가 있고, 갯벌 위를 통통 거리며 미끄러지듯 잘 뛰어다닌다. 6 **짱뚱어** 무척 진 갯벌에 구멍을 여러 개 파놓고 산다. 몸에 푸른 점이 있고, 등지느러미를 벗처럼 세우며 튀어 오른다. 7 **흰이빨참갯지렁이** 몸이 매우 길어 2미터 이상 되는 것도 있으며, 깊은 곳에 살아 잡기 어렵다.

소금물에 발 담그고 사는 염생식물

염분이 있는 흙에서 자라는 식물을 염생식물이라고 한다. 바다와 면한 습지, 그리고 조수간만의 차에 의해 만조 때는 바닷물에 잠기고 간조 때는 공기 중에 노출되는 갯벌이 대표적이다. 식물들 대부분은 염도가 높은 땅에 심으면 역삼투압 현상에 의해 뿌리에 있는 물마저 빼앗겨 말라죽고 만다. 그와 달리 염생식물은 세포 속에 아예 염분을 저장해 둠으로써 바깥과의 농도 차이를 줄여서 이런 혹독한 환경에 적응했다.

외형적으로는 전체적으로 키가 작고 잎이 도톰하며, 두터운 큐티클층과 촘촘한 털을 지녔다는 공통점이 있다. 염분 외에도 강한 햇볕과 바람, 큰 기온차 등 변화가 큰 환경에 적응하기 위해서다. 사막이나 극지에 사는 식물도 비슷한 특징을 띤다. 또한 각각의 식물마다 염분을 이기는 정도가 달라서 칠면초, 해홍나물은 만조 때 완전히 잠기는 바닷물에도 잘 견디며, 퉁퉁마디는 염전 주변의 마른 땅에서 잘 자란다. 나문재, 갯질경이 등은 바닷물이 직접 닿지 않는 가장자리에 자라며, 갈대는 민물과 바닷물이 만나는 하구 습지에 주로 무리를 지어 자란다.

1 **통통마디** 줄기는 마디마다 통통하게 수분을 머금은 다육질이다. '함초'로 더 잘 알려졌다.
2 **지채** 뿌리에서 잎이 모여나며, 벼이삭을 닮은 열매 덩이를 맺는다. 3 **칠면초** 펄갯벌에 발을 푹 담그고 살며, 여름에도 잘 물든다. 잎 끝은 곤봉형이다. 4 **해홍나물** 칠면초와 비슷하지만 잎이 좀더 긴 선형이며 줄기가 많이 갈라진다. 5 **나문재** 바닷가 모래땅이나 갯벌 가장자리에서 자란다. 꼭 빗자루처럼 생겼다. 6 **갯잔디** 갯벌에 잔디밭처럼 퍼져 자라는데, 줄기가 위로 서는 것이 다르다.

1 갯개미취 잎은 길쭉하고 좁으며, 꽃은 산방꽃차례를 이루어 핀다. **2 가는 갯능쟁이** '능쟁이'는 명아주를 뜻한다. 다육질의 선형 잎은 흰 가루로 덮여 있다. **3 갯질경** 크고 두꺼운 로제트 잎 사이에서 꽃대가 올라와 여름에 꽃이 핀다. **4 천일사초** 잎은 가느다란 선 모양이고 줄기 끝에 이삭 꽃이 핀다. 갈대처럼 하구 습지에 주로 자란다. **5 갈대** 강과 바다가 만나는 하구 습지에 주로 자란다. 염분도 견디지만 민물이 흐르지 않는 곳에서는 잘 자라지 못한다. **6 큰비쑥** 잎이 부챗살 모양으로 깊게 갈라진다. 갯가에 사는 쑥이라고 해서 '갯쑥'이라고도 부른다.

모래땅에 사는 사구식물

해안이나 사구의 모래땅에서 잘 자라는 식물을 사구식물이라고 한다. 바닷가 식물로서 염분에 대한 적응력이 있기 때문에 크게는 염생식물에 포함할 수 있지만 갯벌과는 달리 건조하고 영양염류가 매우 적은 빈영양 상태를 잘 견딘다는 점에서 다르게 분류한다.

대표적인 특징은 푸석푸석한 모래땅에 스스로 몸을 잘 고정시키기 위해 뿌리가 길고 땅속줄기가 잘 발달했다는 점이다. 무리가 땅속에서 뿌리가 줄기를 통해 서로 단단히 연결되어 있기 때문에 큰 파도나 해일에도 주변 모래가 쓸려나가는 것을 막는다. 이는 해안과 사구 안쪽 마을을 천재지변으로부터 보호하는 순기능을 한다.

1 **초종용** 사철쑥 뿌리에 붙어사는 기생식물이다. 5~6월 에 보라색 꽃이 핀다. 2 **통보리사초** 열매이삭 뭉치가 둥 근 통처럼 보여서 이렇게 부른다. 줄기는 뭉쳐서 곧게 자 란다. 3 **해당화** 작은키나무로 5~7월에 붉은 꽃이 피며 줄 기에 가시가 있다. 4 **장구밥나무** 열매가 서로 붙어서 장구 모양이라는 이 나무도 바닷가 모래언덕에 잘 자란다. 5 **갯 그령** 중부 이북의 바닷가 모래땅에서 자라며 염분에 강한 편이다. 6 **순비기나무** 해변 가장자리에 낮게 퍼져 자라 풀 처럼 보이나 나무다. 7~9월에 향기로운 보라색 꽃이 가 지 끝에 모여 핀다.

1 **모래지치** 잎 양면에 털이 많고 향기 나는 흰 꽃이 5~6월에 핀다. 2 **갯방풍** 사라져가는 사구식물 중 하나로, 6~7월에 자잘한 흰 꽃이 줄기 끝에 둥글게 모여 핀다. 3 **갯메꽃** 갯가에 사는 메꽃이라는 뜻으로, 뿌리가 무척 길다. 4 **좀보리사초** 작은 보리사초라는 뜻이다. 통보리사초에 비해 줄기가 가늘고 매끈하다. 5 **갯씀바귀** 바닷가 모래땅에 자라는 씀바귀 종류로, 줄기는 땅속에서 옆으로 길게 뻗고 잎만 밖으로 나와 있다. 6 **번행초** 남부지방 바닷가 모래땅에 자라며, 전체에 돌기가 많고 다육질이다. 꽃은 4~11월에 오래 핀다.

1

2

3

바닷가에 사는 곤충과 작은 동물들

갯벌과 염전, 갯바위, 모래밭과 사구 등 다양한 바닷가 환경에는 그런 곳에 특별히 적응해 사는 곤충들과 작은 동물들도 있다. 파도가 튀어 축축한 갯바위나 모래 해변에는 '바다의 바퀴벌레'라고 불리는 갯강구들이 새까맣게 기어 다닌다. 곤충 중에 길앞잡이들은 갯벌이나 염전, 또는 강이나 바닷가 주변 모래밭을 선호하는 종류가 많다. 해안 가장자리 모래밭이나 사구에는 조롱박먼지벌레와 '개미귀신'이라고 불리는 명주잠자리 애벌레가 많으며, 모래 속에 얼굴만 내밀고 이런 곤충을 잡아먹는 표범장지뱀도 산다. 메뚜기 중에도 갯벌을 특히 좋아해 염생식물과 같은 붉은 보호색을 띠는 종류가 있다.

1 **갯강구** 바닷가 바위나 축축한 곳에 떼로 모여서 산다. 곤충처럼 허물을 벗는 갑각류이지만 곤충과는 다른 등각목에 속한다. 2 **민집게벌레** 모래땅을 개미굴처럼 파 들어가서 생활하며, 알을 낳고 그 옆에서 지키는 독특한 행동을 한다. 3 **큰조롱박먼지벌레** 바닷가 모래밭에 흔한 종류로, 낮에는 모래 속에 숨어 있다가 밤에 해변에 나와 사냥을 한다. 4 **명주잠자리** 애벌레 시절에 고운 모래밭에 깔때기 모양 함정을 만들고 그 속에 숨어 산다. 이 함정에 개미가 곧잘 걸려들어 '개미귀신'이라고 부른다. 5 **꼬마길앞잡이** 바닷가나 강변 모래밭, 염전 주변에 산다. 애벌레는 땅에 굴을 파고 들어가서 지나다니는 생물을 잡아먹는다. 6 **참길앞잡이** 해안가의 풀이 있는 모래밭에서 주로 생활한다. 몸길이 1센티미터 정도로 작은 편이다. 7 **무녀길앞잡이** 서해안의 폐염전 주변에 산다. 염전과 함께 점점 사라져 가는 종이다. 8 **닻무늬길앞잡이** 바닷가에 사는 길앞잡이 종류로, 개체수가 급격히 줄어 멸종위기야생동물 II급으로 보호받고 있다. 9 **발톱메뚜기** 섬과 갯벌, 해안가 등에서 주로 발견되며 칠면초 같은 붉은 보호색을 띤다. 10 **표범장지뱀** 꼬리가 긴 장지뱀 종류로 몸에 표범 같은 무늬가 있다. 사구환경과 함께 개체수가 크게 줄어 멸종위기야생동물 II급으로 지정되었다.

바닷가에서 만날 수 있는 새

새는 크게 물새와 산새로 나눈다. 물새 중에는 논이나 호수 등 내륙 습지를 좋아하는 종류도 있지만 대부분은 갯벌이나 해안선 주변을 찾아서 쉬고 먹이를 찾는다. 갯벌을 좋아하는 대표적인 새는 도요새 무리다. 주로 봄가을에 이동하며 우리나라 서남해안 갯벌에 들러서 에너지를 충전하는 도요새들은 긴 부리로 펄이나 모래 해변을 쿡쿡 찔러서 게나 새우, 갯지렁이 등 다양한 먹이를 잡아먹는다.

대부분의 물새들은 물 빠진 갯벌보다는 물때를 따라 이동하는 해안선을 따라다니며 수면 가까이에 있는 저서생물을 잡아 먹는다. 물떼새와 갈매기 종류는 해안선 바깥을 따라 걸으며 먹이를 찾고, 백로와 두루미, 저어새 등은 적당히 물이 찬 갯벌에 긴 부리를 집어넣고 먹이를 잡는다. 겨울에 우리나라 전체 해안에 찾아오는 오리들은 해안선 가까운 바다에 둥둥 떠서 잠수를 해 먹이를 잡고, 가마우지와 큰고니도 잠수를 잘 한다. 또 맹금류 중에도 물고기를 좋아해 바다를 즐겨 찾는 종류가 있다.

1 **뿔논병아리** 논병아리 중에 가장 크고 검은색 뿔깃이 있는 것이 특징이다. 2 **민물가마우지** 갯바위에 앉아서 쉬다가 잠수해서 물고기를 잡아먹는다. 3 **왜가리** 몸 전체에 회색을 띠며 검은 댕기가 있다. 논과 갯벌, 바닷가에서 가장 흔히 보는 물새다. 4 **쇠백로** 갯벌의 물 흐르는 곳에서 다리를 떨며 먹이를 찾는다. 발가락이 노랗다. 5 **저어새** 천연기념물. 주걱 모양 부리로 물속을 휘저으며 먹이를 찾는다. 6 **노랑부리백로** 천연기념물. 이름처럼 부리가 노랗고, 번식기에 뒷머리에 장식깃이 생긴다. 7 **흰뺨검둥오리** 바다와 강, 저수지 등 어디에나 살며 텃새화 되고 있다. 검은 부리 끝이 노랗고 다리는 주황색이다.

1 **큰고니** 천연기념물. 겨울에 호수나 바다에 무리 지어 떠서 생활하며, 긴 목을 물속에 처넣어 수생식물을 캐먹는다. 2 **청둥오리** 가장 흔한 겨울철새로 수컷은 머리에 청록색이 돌고 부리가 노래서 눈에 잘 띈다. 3 **흰뺨오리** 눈은 노랗고 부리는 검으며, 눈 앞쪽에 흰 점 무늬가 나타난다. 4 **바다비오리** 눈이 빨갛고 부리도 붉다. 수컷은 머리가 거무스름하고, 암컷은 회색이 도는 갈색이다. 5 **비오리** 붉은 부리 끝이 갈고리처럼 휘었다. 비오리들 중에 유일하게 댕기깃이 없다. 6 **홍머리오리** 수컷은 머리가 붉고 이마부터 정수리까지 굵고 노란 띠가 있어 금방 구별된다. 7 **흰비오리** 비오리 종류 중에 부리가 짧은 편이며, 전체적으로 흰 몸에 눈 주위로 검은 무늬가 있다. 8 **물닭** 몸이 전체적으로 검은데, 부리와 이마만 하얗다. 주로 저수지에 살지만 바다에 무리 지어 떠 있을 때도 있다. 9 **왕눈물떼새** 봄가을 이동시기에 우리나라 갯벌을 찾는다. 사진은 검은 눈선과 주황색 깃이 사라진 겨울 모습이다. 10 **흰물떼새** 1년 내내 바닷가 모래밭에서 생활하며, 가슴으로 이어지는 검은 띠가 중간에 끊어진다.

1 흑두루미 천연기념물. 두류미 중에서는 작은 편이다. 겨울에 일본 이즈미에 대집단이 모여 겨울을 나며, 순천만에 400여 마리가 찾아온다. **2 검은머리물떼새** 천연기념물. 몸에 검정과 흰색 경계가 뚜렷하며 부리와 눈, 다리가 붉다. **3 좀도요** 도요새 중에 작은 편이며, 봄가을에 갯벌에 큰 무리가 머물다 간다. **4 뒷부리도요** 부리가 길고 위로 휘었다. 봄가을에 갯벌과 강 하구에서 볼 수 있다. **5 깝작도요** 도요새 중에 유일하게 우리나라에서 번신한다. 걷거나 서 있을 때 꼬리를 까딱거리는 버릇이 있다. **6 알락꼬리마도요** 부리는 마도요를 닮았으나 아랫배도 갈색을 띤다. 갯벌을 걸으며 구멍을 뚫고 게나 새우를 곧잘 잡아먹는다. **7 마도요** 도요새 가운데 몸집이 큰 편으로 긴 부리가 아래로 휘었다. 몸은 밝은 갈색이지만 허리는 무척 희다. 우리나라에서 많은 수가 겨울을 난다. **8 세가락도요** 부리와 다리가 검으며, 발가락이 세 개라서 '세가락'이다. **9 괭이갈매기** 우리나라에서 가장 흔한 갈매기 종류다. 부리 끝에 검붉은 띠가 있다. **10 바다직박구리** 바닷가 절벽이나 바위 틈에 둥지를 짓는다. 수컷은 몸 윗부분이 푸르고, 암컷은 전체적으로 어두운 갈색이다.

바다를 더욱 바다답게 만드는 산호

산호는 그 형태와 빛깔 때문에 식물처럼 보이지만 촉수로 다른 생물을 잡아먹고 사는 자포동물이다. 폴립이라고 부르는 낱낱의 개체들이 바위에 다닥다닥 몸을 붙여 군집 생활을 한다. 산호는 동물이지만 그 몸에 공생하는 식물성 플랑크톤인 갈충조는 광합성을 해 산호에게 산소와 영양분을 공급한다. 그래서 수온이 20도 이상 되고 햇빛이 잘 투과되는 수심이 얕은 바다에서 잘 성장해 산호초로 큰 무리를 이룰 수 있다.

산호는 폴립에 붙어 있는 촉수의 수와 격막 모양에 따라 종을 구분하는데, 크게는 폴립 하나에 촉수가 여덟 개 달린 산호를 팔방산호라 하고, 촉수가 여섯 개 있거나 6의 배수로 달린 산호를 육방산호라고 한다. 팔방산호에는 몸이 단단하지 않은 연산호^{수지맨드라미, 바다맨드라미 등}와 부챗살 모양 가지를 뻗은 부채뿔산호 종류가 있고, 육방산호에는 열대 지방에 흔한 돌산호 종류를 비롯해 대부분의 산호가 포함된다.

1 팔방산호 종류인 **수지맨드라미 2** 회초리산호 **3 나팔돌산호　4 긴가지해송 5** 부챗살 모양 가지를 뻗은 **부채뿔산호**

1 거품돌산호 2 바다딸기 3 밤수지맨드라미 4 큰수지맨드라미 5 수지맨드라미류 6 부채뿔산호 군락 7 둔한진총산호

출생도 모양도 제각각인 해저동물

지구에는 100만 종 이상의 동물이 산다고 알려져 있다. 이 중에서 물고기, 파충류, 포유류 등 우리가 잘 아는 척추동물은 전체 종수에서 1퍼센트 이하이며, 나머지 99퍼센트는 무척추동물이다. 이 중에서도 육지에 사는 곤충 등을 뺀 2/3 이상이 바다에 산다. 생명의 근원이 된 바다에 얼마나 다양한 형태에 뿌리도 제각각인 생명체들이 살아가고 있을지 상상하기 쉽지 않다.

다세포생물 중에 가장 원시적인 형태를 지닌 것은 해면동물이다. 바위 같은 곳에 붙어 섬유질 구조로 물을 흡수해서 '스펀지'라고 불리기도 한다. 산호처럼 촉수로 다른 생물을 잡아먹고 사는 동물로는 말미잘, 해파리 등이 있다. 연체동물에는 고둥, 전복처럼 배로 기어 다니는 복족강, 조개류가 속한 이매패강, 오징어, 문어 등이 속한 두족강이 있다. 절지동물 중에는 새우와 게 등 갑각류 일부가 바다나 갯벌에 산다. 또한 불가사리, 성게 등 몸에 돌기가 있는 극피동물, 척추동물은 아니지만 등뼈 같은 것이 줄 모양으로 늘어져 있는 척색동물이 있다.

이런 무척추동물들은 생태계 이전에 해저 환경의 근간을 이루며 물고기 등의 무척추동물들과 공생 또는 천적 관계로 얽혀 신비로운 바다생태계를 이루어낸다.

1 하늘소갯민숭이 갯민숭달팽이들은 고둥이나 전복처럼 배로 기어다닌다. **2 피리해면 3 나선 별해면** 바위를 완전히 뒤덮고 있다. **4 보석말 미잘 5 섬유세닐말미잘 6 노무라입깃해파리** 지구온난화 탓인지 우리나라 전 해역에 기하급 수적으로 늘고 있다.

1 문어다리불가사리 2 솔베감펭 무늬와 생김새가
무척 화려하다. 3 끄덕새우 4 붉은얼룩참집게 5 매
끈이고둥 6 토끼고둥 7 흰동가리 말미잘에게 먹이
를 주고 자신은 몸을 숨기며 공생한다. 8 둥근성게
해조류를 먹고 있다. 9 우렁쉥이 우리에겐 멍게라
는 이름으로 익숙하며, 우리나라 전 해역에 산다.

지구에 산소를 불어넣는 해조류

해조류는 바다에서 나는 조류藻類를 통틀어 말한다. 우리
나라에는 약 750여 종이 사는 것으로 알려져 있다. 바다
깊이와 빛깔에 따라 녹조류, 갈조류, 홍조류로 나눈다.
형태가 단순하고 꽃을 피우지 않는 생식과정 탓에 하등식
물로 분류하지만 지구의 산소 대부분을 만드는 데다 바다
생물의 가장 기초적인 먹이원이 되는 중요한 존재다.

바다에 들어가지 않고 해안에서 해조류를 관찰하는 방
법도 있다. 조수간만에 따라 바닷물이 잠겼다 드러나는
서남해안 해변은 암반에 부착해 살고 있는 해조류를 관
찰하기에 좋다. 조간대 바위, 조수웅덩이, 몸 붙일 데 없
는 갯벌에서도 해조류를 만날 수 있다. 다만 미끌미끌한
펄과 강한 햇볕, 해조류를 먹고 사는 천적이 많은 환경 탓
에 그 종류는 한정적이다.

1 **가시파래** 일반적으로 우리가 먹는 파래다. 잎 같은 엽상체가 길고 가늘다. 2 **구멍갈파래** 질기고 두꺼운 엽상체 중간에 작은 구멍이 뚫렸다. 3 **모란갈파래** 엽상체가 겹쳐서 자라는 모습이 모란꽃처럼 생겼다. 4 **대마디말** 멀리서 보면 파래처럼 보이지만 대나무 같은 마디가 있고 모여서 자란다. 5 **바위수염** 바위에 수염이 난 것처럼 보이는 갈조류다. 6 **모무늬돌김** 흔히 검거나 암갈색으로 보이지만 홍조류에 속한다. 7 **불등풀가사리** 통통한 엽상체 속은 공기로 차 있고, 대기에 노출되면 점점 딱딱하게 마른다. 8 **바위두룩** 바위 표면에 물집이 돋은 것처럼 생겼다. 9 **꼬시래기** 뭍에서 바다로 흐르는 작은 물길 주변에 살며, 음식 재료로 흔히 쓴다.

1 **지충이** 벌레 같이 생겼다고 해서 이런 이름이 붙었다. 2 **뜸부기** 서식 범위가 점차 줄고 있어 보호 가치가 높은 종이다. 3 **진두발** 엽상체가 여러 갈래로 갈라지고 끝은 둥글다. 4 **애기가시덤불** 해조류 중에 작은 편이며, 좁은 공간을 촘촘히 메우면서 잘 자란다. 5 **부챗살** 조수웅덩이 안에 웅크린 고슴도치처럼 자리 잡고 산다. 6 **미끌풀** 조수웅덩이에서 뭉쳐 자라며, 엽상체 표면이 미끈거리는 것이 특징이다. 7 **잘록이고리매** 어린 시기에는 가늘고 긴 튜브 모양이지만 크면 중간에 여러 마디가 생긴다. 8 **작은구슬산호말** 엽상체 표면이 석회질로 덮여 꼭 산호처럼 보인다. 9 **비단풀** 조수웅덩이에서 종종 볼 수 있으며, 만지면 부드럽다.

우리나라의 해양보호구역

해양보호구역이란 해양생태계나 해양경관 등을 특별히 보전할 필요가 있어 국가 또는 지자체가 보호구역으로 지정·관리하는 구역을 의미한다. 세계자연보전연맹(IUCN)에서는 바다, 조간대, 해저와 그 지역에 사는 생물, 역사적·문화적 유산 등을 법과 제도, 혹은 다른 효율적 수단에 의해 지정·보전하는 곳이라고 정의하고 있다. 이런 폭넓은 의미로는 우리나라에 이미 400곳이 넘는 해양보호구역이 있다.

그러나 우리 정부는 1999년에 제정된 '습지보전법', 그리고 '해양생태계 보전과 관리에 관한 법률'에 의해 보호받고 있는 해역만을 우리나라 해양보호구역으로 특별 지정해 관리하고 있다.

2011년 3월 현재 우리나라의 해양보호구역은 모두 14곳이다. 그 중 10곳은 습지보전법 제8조에 근거한 연안습지보호지역이며, 4곳은 해양생태계 보전과 관리에 관한 법률 제25조에 근거한 해양생태계보호구역이다. 두 구역의 법률적 의미는 다음과 같다.

습지보호지역

습지보전법에 따르면 첫째 자연 상태가 원시성을 유지하고 있거나 생물다양성이 풍부한 지역, 둘째 희귀하거나 멸종 위기에 처한 야생 동식물이 서식·도래하는 지역, 셋째 특이한 경관·지형적 또는 지질학적 가치를 지닌 지역을 습지보호지역으로 지정할 수 있다. 이 중 연안습지에 해당하는 곳은 연안습지보호지역, 내륙습지에 해당하는 곳은 내륙습지보호지역으로 구분한다.

해양생태계보호구역

해양생태계의 보전 및 관리에 관한 법률에 따르면 '보호대상 해양생물의 보호를 위해 필요한 지역'은 해양생물보호구역으로, '해양생태계가 특히 우수하거나 해양생물다양성이 풍부한 지역 또는 취약한 생태계로서 훼손이 될 경우 복원이 어려운 구역'은 해양생태계보호구역으로, '바닷가 또는 바다 속의 지형지질 및 생물상 등이 해양생태계와 잘 어울려져 해양경관적 가치가 탁월한 지역'은 해양경관보호구역으로 지정할 수 있다. 해양보호구역 4곳은 모두 해양생태계보호구역에 든다.

습지보호지역
해양생태계보호구역

옹진장봉도갯벌
습지보호지역 제5호
2003. 12 .31 지정
천 옹진군 장봉리 일대 68.4㎢

송도갯벌
인천광역시 습지보호지역 제1호
2009. 12. 31 지정
인천 연수구 송도동 일대 6.11㎢

대이작도주변해역
해양생태계보호구역 제4호
2003. 12. 31 지정
인천 옹진군 이작리,
승봉리 일대 55.7㎢

신두리사구해역
해양생태계보호구역 제1호
2002. 10. 9 지정
충남 태안군 원북면 신두리 일대 0.64㎢

서천갯벌
습지보호구역 제8호
2008. 1. 30 지정
충남 서천군 장항읍 유부도,
서면~종천면 일대 15.3㎢

부안줄포만갯벌
습지보호지역 제6호
2006. 12. 15 지정
전북 부안군 줄포면, 보안면 일대 4.9㎢

고창갯벌
습지보호구역 제7호
2007.12.31 지정
북 고창군 부안면, 심원면 일대 10.4㎢

증도갯벌
습지보호지역 제9호
2010년 1월 29일
전남 신안군 증도면 일대 31.3㎢

문섬 등 주변해역
해양생태계보호구역 제2호
2002. 11. 5 지정
제주 서귀포시 강정동~보목동 일대 13.684㎢

순천만갯벌
습지보호지역 제3호
2003. 12. 31 지정
전남 순천시 별량면, 해룡면,
도사동 일대 28㎢

오륙도 및 주변해역
해양생태계보호구역 제3호
2003. 12. 31 지정
부산 남구 용호동 주변 해역 0.35㎢

보성벌교갯벌
습지보호지역 제4호
2003. 12. 31 지정
전남 보성군 벌교읍 호동리~대포리 일대 10.3㎢

무안갯벌
습지보호지역 제1호
2001. 12. 28 지정
전남 무안군 현경면, 해제면 일대 42㎢

진도갯벌
습지보호지역 제2호
2002. 12. 28 지정
전남 진도군 군내면, 고군면 일대 1.44㎢

강원도
인천광역시
서울특별시
경기도
충청북도
충청남도
경상북도
전라북도
경상남도
전라남도
울산광역시
제주도

우리나라 바다의 특성

우리나라는 3면이 바다로 둘러싸여 있다. 사계절이 뚜렷한 냉온대 기후를 갖고 있지만 여름에는 남동 계절풍, 겨울에는 북서 계절풍의 영향을 강하게 받는 데다 해안선의 모양, 대륙붕^{해변}에서부터 수심 200미터까지의 경사가 완만한 해저지형의 길이, 해류와 조류의 영향도 차별적으로 받기 때문에 바다 3면이 저마다 다른 특성을 보인다. 특히 우리나라 서해안에 드넓게 펼쳐진 갯벌은 그 규모와 생태적 가치가 뛰어나서 세계 5대 갯벌의 하나로 불리며, 현재 해양보호구역에 속한 연안습지보호지역들도 모두 갯벌이 발달한 서남해안에 분포되어 있다.

서해

하루에 두 번씩 반복되는 조수간만의 차에 의해 항상 조류가 발생해 바닷물이 탁한 편이다. 복잡한 리아스식 해안을 따라 서해안 전역에 거대한 갯벌이 드러나며, 그 면적이 남한에만 2천489제곱킬로미터에 달한다. 남북을 합치면 약 5천400제곱킬로미터 규모로 추정되고 있다. 갯벌 생물상도 풍부해 맨손 어업이 활발하고 호주, 뉴질랜드와 시베리아를 오가는 도요·물떼새 등 많은 물새들이 중간기착지로 이용해 먹이를 먹고 쉬었다 간다. 한편, 동해나 남해에 비해 바다 면적이 좁고 중국 대륙과의 사이에서 육지의 영향을 많이 받으며 수심도 얕은 편이라 수온 차는 가장 크다.

남해

많은 바위섬이 다도해를 이루고 있어 풍경이 아름답다. 서해안처럼 다양한 형태의 만이 발달한 리아스식 해안이라 작은 갯벌, 모래 해변, 암반 해안 등 다양한 지질을 볼 수 있다. 또한 서해보다 염분도가 높고 수온이 높은 난류성 해류인 쿠로시오의 영향을 일부 받아 물고기가 알을 낳고 새끼를 키우는 중요한 공간으로 활용된다. 특히 해양보호구역으로 지정된 제주도 문섬 주변은 쿠로시오에서 분리된 지류가 직접 지나가 우리나라에서 분홍맨드라미 산호초가 군락을 이루고 있는데다 해류를 따라 움직이는 열대성 생물도 다수 만날 수 있다.

동해

동해는 대양과 같은 바다다. 연안의 대륙붕은 좁고 바로 대륙사면이 나타나 수심 3천 미터가 넘는 심해저로 이어진다. 해안선이 단순한데다 수심이 급변하는 지형 탓에 바람이 조금만 불어도 파도가 높게 인다. 지질은 주로 암반과 모래 해안으로 이루어져 있다. 4단계의 해안단구가 발달했으며 작은 석호도 발달해 있다. 동해안은 또한 여름철 난류의 영향과 겨울철 캄차카반도 부근에서 연안을 따라 내려오는 한류의 영향을 받아 계절에 따른 수온 차이가 심하다. 난류와 한류가 만나 어장을 형성하는데, 겨울에 한류가 남하하면 명태, 청어 등이 많이 잡히고, 난류가 북상하는 5~6월에는 강릉 연안에서 오징어를 잡을 수 있다.

북해 연안

네덜란드, 독일, 덴마크 해안이 포함되며 외해에 직접 맞닿아 모래갯벌이 많이 발달했다. 독일은 이 가운데 2/3를 차지하는데, 전체를 국립공원으로 지정해 보호하고 있다. 독일갯벌만 4천777제곱킬로미터에 달한다.

캐나다 동부 연안

대서양 연안을 따라 나타나는 염습지로, 특히 뉴브린즈웍, 노바스코샤, 프린스에드워드섬의 연안을 따라 분포한다. 이 중 뉴브린즈웍 연안은 조수간만 차이가 13미터에 달하는 곳도 있으며, 간조 때 드러나는 갯벌 면적만 1천400제곱킬로미터나 된다.

미국 동부 조지아 연안

미국 대서양 연안에 걸쳐 있는 전체 습지 면적은 약 4만8천500제곱킬로미터에 이른다. 주로 하구와 만 주변에 널리 분포하며, 이 중 조지아주 연안에는 아열대 지역의 맹그로브숲이 발달한 갯벌이 나타난다.

서해 갯벌

조수간만의 차가 크고 지형이 완만해 대규모 갯벌이 많다. 펄, 모래, 혼합 갯벌이 다양하게 나타난다. 남북한을 합쳐 약 5천400제곱킬로미터에 달한다.

아마존 유역 갯벌

삼각주 형태의 갯벌이 발달해 있으며 모래갯벌이 대부분이다. 조차가 8미터나 되고 강에서 막대한 양의 토사가 유입되어 하구에 대규모 갯벌이 형성된 곳이다.

해양보호구역의 필요성

보호의 필요성은 위기에서 온다. 우리나라 연안이 위기에 처해 있다는 사실은 여러 가지로 입증되고 있다. 이는 비단 우리나라만의 문제는 아니어서 해양 보호 필요성이 전 세계적으로 제기되어 국가마다 관리하는 해양보호구역의 수가 늘어나고 있다.

위기의 원인은 다음과 같다. 첫째, 하구의 차단과 간척 등으로 해양생태계와 다른 생태계의 연결고리가 단절되고 있다. 이는 해양자원의 급속한 감소를 초래한다. 둘째, 해양 오염이다. 인간의 간섭으로 인한 지나친 유기물 유입, 화학물질 투기, 기름 유출 등으로 인해 해로운 미세조류가 대번식할 수 있고 실제로 일부 해역에 무산소층이 나타나고 있다. 셋째, 남획도 심각한 상태다. 조기, 명태 등의 사례에서 알 수 있듯 남획은 자원 자체를 우리 바다에서 사라지게 한다. 더구나 해산물 섭취는 갈수록 늘어나고 있기 때문에 어장 감소에 다각적으로 대비해야 한다. 넷째, 무분별한 외래종의 유입은 전 세계 연안과 해양생태계를 심각한 위험에 빠뜨리고 있다. 마지막으로 기후변화로 인한 해수온 상승 등으로 해양생물의 분포 유형이 변하고 연안 생태계가 재편되고 있다.

이런 여러 가지 문제점들에 가장 현명하게 대처하는 방법은 해양보호구역을 지정해 잘 관리하는 것이다. 건강한 해양자원은 고유성을 갖고 온전하게 유지되는 생태계에서 나온다. 특히 연안생태계는 생산성이 매우 높아 청정하게 잘 유지하면 주변 지역사회와 경제에 기여하는 바가 크다. 식량 확보는 물론이고 깨끗한 수자원, 오늘날에는 관광자원으로도 활용되어 다양한 서비스 기회를 제공한다. 해양보호구역은 전체 해역에 비하면 극히 좁은 공간이다. 그러나 이를 효율적으로 보호하면 전체 해양생태계의 건강과 생산력을 유지하는 데 도움이 된다. 작은 해역이라도 제대로 보호하면 전 해역의 유전자 다양성을 어느 정도 유지할 수 있으며, 주요 생물종의 개체수 유지와 진화 과정을 지속케 할 수 있다.

해양보호구역을 적절하게 지정하고 잘 관리하면 우리 삶에 다음과 같은 혜택이 돌아온다.
- 생물다양성과 연계된 생태계 보전
- 해양생물들의 주요 산란장과 보육장 보호
- 인간의 영향을 최소화해 재생성 높은 해양 환경 유지
- 해양생물들의 정착과 성장을 보호하고 그 혜택을 주변 해역으로 확산시킴
- 해양생태계와 인간의 영향에 관해 교육하는 생태교육의 현장
- 자연을 대상으로 한 여가활동과 관광 유치
- 경비와 혜택을 주변 지역사회, 민간 부문, 지역과 중앙 정부, 그 외 다른 이해당사자들과 공유
- 주변 지역사회의 경제 활성화에 도움을 주고 삶의 질 향상

해양보호구역의 지정과 관리

우리나라에서 해양보호구역에 관해 본격적이고 구체적인 논의가 시작된 것은 1997년, 미국 NOAA(National Ocean and Atmosphere Administration, 미국립해양대기청)와 우리나라 해양수산부가 해양보호구역에 관한 공동 연구를 협의하고, 다음해 서울에서 열린 아시아보호구역회의에서 진정한 해양보호구역 지정의 중요성이 부각되면서부터다.

NOAA의 해양보호구역(National Marine Sanctuary)은 지역주민들의 전통어업, 그리고 수익을 창출하면서도 환경 친화적인 활동을 인정한다. 아울러 주민들이 자발적으로 보호구역 관리에 참여하도록 유도함으로써 해양생태계와 문화 보전의 효율을 높이고 있다. 우리나라는 이러한 미국의 정책을 기본으로 뉴질랜드, 호주, 일본 등의 선진적 관리 방식을 일부 벤치마킹해 해양보호구역의 지정 및 관리에 관한 내용을 새롭게 정책화했다.

이렇게 탄생한 최초의 해양보호구역은 2001년에 습지보호지역으로 지정된 무안갯벌이다. 이후 해양보호구역의 관리는 지방정부를 중심으로 지역주민들이 직접 참여하고 중앙정부가 지원하는 방식으로 이루어진다. 우리나라에서 관리형 해양보호구역의 역사는 비록 짧지만 비약적인 발전과 진화를 거듭해 현재 전국에 14곳이 지정되어 있다. 앞으로 더 발전이 필요하지만 정부는 보호구역의 수적 증가뿐만 아니라 보호구역의 질, 특히 관리의 질을 높이는 데 주안점을 두고있다.

이를 위해 우리나라는 해양보호구역센터를 설립해 통합적이고 체계적인 보호구역 관리업무를 수행하고 있다. 해양보호구역센터에서는 보호구역 및 향후 추가 지정 계획이 있는 해역에 관한 생태계 모니터링을 지원하며, 해양보호의 제1주체인 지역주민을 비롯해 해양자원을 이용하는 국민들을 대상으로 해양보호구역에 관한 인식증진 활동을 벌이고, 미국 NOAA 및 와덴해사무국(Common Wadden Sea Secretariat), 람사르사무국(The Ramsar Convention on Wetlands) 등과의 국제협력을 이어가고 있다.

해양 보호를 위한 국제적 노력

생태계와 주변 환경이 우수해 보전 가치가 높은 해역을 국제적으로 보호하는 장치도 있다. 우리나라 해양보호구역 중에도 국제적 보호지역으로 지정된 곳들이 있는데, 람사르습지와 유네스코 생물권보전지역이 대표적이다.

람사르습지

1971년 2월 이란 람사르에서 체결된 국제환경협약인 람사르협약에 의해 지정된 습지보호지역이다. 람사르협약 회원국들은 국제적으로 중요한 자국 내 습지를 잘 보전하고, 현명하고 지속가능한 활용을 위해 협조하며, 국경을 넘어서는 접경 습지나 철새 이동경로 상 국가 간 협력이 필요한 습지를 보전하는데 힘써 왔다. 람사르습지는 크게 갯벌, 강 하구 등을 포함하는 연안습지와 이탄습지, 호소, 소택지, 논 등을 포함하는 내륙습지로 나눈다. 협약 가입국은 최소 한 곳 이상의 습지를 의무적으로 등록해야 하는데, 우리나라는 1997년 람사르협약에 가입한 후 2010년까지 모두 14곳을 람사르습지로 등록했다.

번호	습지명	등록일	소재지	면적(㎢)	비 고
1	대암산 용늪	'97.03	강원도 인제군	1.06	내륙습지
2	창녕 우포늪	'98.03	경상남도 창녕군	8.54	내륙습지
3	신안 장도습지	'04.08	전라남도 신안군	0.09	내륙습지
4	순천만갯벌	'06.01	전라남도 순천시 및 보성군	35.5	연안습지
5	물영아리 오름	'06.10	제주도 남제주군	0.309	내륙습지
6	두웅습지	'07.12	충청남도 태안군	0.065	내륙습지
7	무제치늪	'07.12	울산시 울주군	0.184	내륙습지
8	무안갯벌	'08.01	전남 무안군	35.6	연안습지
9	강화 매화마름 군락지	'08.10	인천시 강화군	0.003	내륙습지
10	오대산 국립공원	'08.10	강원도 원주시	0.017	내륙습지
11	물장오리 오름	'08.10	제주도	0.628	내륙습지
12	1100 고지습지	'09.12	제주도	0.13	내륙습지
13	서천갯벌	'09.12	충남 서천군	15.3	연안습지
14	고창부안갯벌	'10.02	전북 고창군 및 부안군	45.5	연안습지

유네스코 생물권보전지역

생물권보전지역은 생물다양성의 보전과 이의 지속가능한 이용을 조화시킬 수 있는 방안을 모색하기 위해 전 세계적으로 뛰어난 생태계를 대상으로 유네스코가 지정한 육상, 연안, 또는 해양 생태계다. 이 개념은 1971년 설립된 인간과 생물권(Man and the Biosphere:MAB) 프로그램을 실행하는 한 방안으로 고안되었다. 유네스코 생물권보전지역은 국제적 협약이나 협정에 적용 받지는 않지만 보전, 발전, 지원이라는 세 가지 기능을 적절히 수행하는 데 필요한 기준을 만족시켜야 한다. 즉, 해당 지역은 생태계와 경관, 생물종 등을 보전할 가치가 있고, 사회·문화·생태적으로 지속가능한 발전을 추구해야 하며, 보전과 발전이라는 두 가지 목표를 용이하게 수행할 수 있도록 연구, 모니터링, 환경교육 등의 지원이 이루어져야 한다는 것이다. 우리나라는 현재 4곳이 유네스코 생물권보전지역에 포함되어 있으며, 그 중 2곳이 해양보호구역과 겹친다. 북한도 백두산, 구월산, 묘향산 3곳이 생물권보전지역에 속해 있다.

번호	습지명	등록연도	소재지	면적(km²)
1	설악산	1982	설악산국립공원과 점봉산 일부	393.49
2	제주도	2002	한라산국립공원, 해발 200미터 이상 중산간지역, 서귀포해양공원, 효돈천과 영천 등	830.94
3	신안·다도해	2009	홍도·흑산도·비금도·초도 등 다도해해상국립공원, 장도습지, 증도 갯벌도립공원, 태평염전 등	573.12
4	광릉숲	2010	광릉숲 국유림과 주변 사유지	244.65

해양보호구역관련 홈페이지

국토해양부 갯벌정보시스템 www.tidalflat.go.kr
해양환경관리공단 해양보호구역센터 http://mpa.koem.or.kr
강화갯벌센터 http://tidalflat.ganghwa.incheon.kr
소래습지생태공원 www.incheon.go.kr/sorae
서천군 조류생태전시관 http://bird.seocheon.go.kr/html/bird
서천 월하성마을 http://walhasung.seantour.org
국립해양생물자원관 2013년 개관 예정
시흥갯골생태공원 www.siheung.go.kr/tour
고창 하전갯벌마을 http://hajeon.invil.org
부안줄포자연생태공원 www.buan.go.kr
무안생태갯벌센터 www.ppul.or.kr
증도갯벌생태전시관 http://tour.shinan.go.kr/sub.php?pid=T002040400
증도소금박물관: www.saltmuseum.org
벌교갯벌어촌체험 안내센터 2011년 준공 예정
순천만자연생태공원 www.suncheonbay.go.kr
해양보호구역 오륙도 www.56dompa.or.kr
낙동강하구에코센터 http://wetland.busan.go.kr